제리엠 게임판타지 장편소설
WISHBOOKS GAME FANTASY STORY

힐통령
태양의 사제

힐 통령
태양의 사제 15

제리엠 게임판타지 장편소설

초판 1쇄 찍은 날 | 2019년 11월 20일
초판 1쇄 펴낸 날 | 2019년 11월 27일

지은이 | 제리엠
펴낸이 | 예경원

기획 | 위시북스
편집책임 | 이은송
편집 | 위시북스

펴낸곳 | 예원북스
등록번호 | 제396-2012-000132호
등록일자 | 2012. 7. 25
KFN | 제1-492호

주소 | 경기도 고양시 일산동구 호수로 646-24 위너스21II빌딩 206A호 (우)10401
전화 | 031-819-9431 팩스 | 031-817-9432
E-mail | yewonbooks@naver.com

ⓒ제리엠, 2018

ISBN 979-11-365-0509-5 04810
      979-11-89450-74-8 (set)

제리엠 게임판타지 장편소설

WISHBOOKS GAME FANTASY STORY

힐통령 15

태양의 사제

Wish
Books

힐통령

태양의 사제

CONTENTS

99장
버스터 콜

  카이와 헤어진 두 소녀는 서로의 손을 잡은 채 하염없이 길거리를 걸었다.

  훌쩍, 훌쩍.

  태어나서 그토록 슬픈 연극을 보는 것은 이번이 처음이었다. 두 사람은 광장의 벤치에 앉아 입을 헤 벌린 채, 멍한 표정으로 하늘만 쳐다봤다.

  마치 나라라도 잃은 것 같은 서러운 표정들.

  그녀들이 연극의 여운을 가라앉히는 데는 무려 두 시간이나 걸렸다.

  꼬르르륵.

  여운이 가라앉자, 한참 동안 울면서 많은 기력을 소모했는지 배가 고파오기 시작했다.

"라샤여, 배고프지 않느냐."

"……고파."

"그럼 케이크를 먹으러 가자꾸나."

라샤는 벤치에서 일어나려는 오래된 친우의 손목을 잡으며 제지했다.

"하지만 헬릭. 인간들의 세상에는 화폐라는 개념이 있어. 나는 무전취식을 하는 신이 되고 싶지는 않아."

헬릭이 반박했다.

"라샤여. 이런 때를 대비해서 카이가 나에게 용돈이라는 것을 챙겨주었다."

"핫……."

라샤는 헬릭이 주섬주섬 품속에서 꺼내든 동전 주머니를 바라보며 감탄했다.

"역시 너의 대리자는 대단하다. 이런 상황까지 꿰뚫어 보다니…… 얼마나 들어 있는데?"

"우, 우웅?"

라샤의 질문에 살짝 당황한 헬릭이 슬그머니 동전 주머니를 열었다.

"잠깐만 기다리거라. 노란색 동전이 하나, 둘, 셋, 넷, 다섯…… 움…… 오른손에도 손가락이 다섯 개 더 있으니…… 합치면 여섯, 일곱……."

아쉽게도 헬릭이 셀 수 있는 숫자는 열까지 밖에 없었다.

결국 그녀는 동전 주머니를 스윽 닫으며 태연히 말했다.

"열 개보다 많이 있느니라."

"그럼 그걸로 케이크를 몇 개나 사 먹을 수 있는 거야?"

"음……."

그 질문에 헬릭은 또 고민에 빠졌다. 그러기를 잠시, 그녀는 굉장히 뿌듯한 표정을 지으며 입을 열었다.

"카이가 나에게 그런 말을 한 적이 있느니라. 인간관계란, 기브 앤 케이크라고."

"그게 무슨 소리야?"

"동전을 하나 주면, 케이크를 하나 받을 수 있다는 뜻이 아니고 무엇이겠느냐."

"아아!"

라샤가 물개 박수를 치며 헬릭의 유능함을 칭송했다.

"대단해. 나도 사도가 생기면 그런 걸 배울 수 있겠지?"

"물론 그럴 것이다."

헬릭과 라샤는 다시 손을 잡고는 근처에서 가장 예뻐 보이는 가게로 들어갔다.

"어서 오…… 응?"

정장을 입고 있는 종업원이 그녀들을 바라보고는 뒤쪽을 살폈다. 그곳에 아무도 없다는 것을 깨달은 그가 한쪽 무릎을

끓으며 물었다.

"저기, 꼬마 숙녀님들. 보호자는 같이 오지 않았니?"

"있었지만 지금은 뒤풀…… 으음."

"뒤풀이."

라샤가 속삭이자 헬릭이 고개를 끄덕였다.

"응, 뒤풀이에 간 것이다. 용돈은 충분하니라."

헬릭이 동전 주머니에서 금화 다섯 개를 꺼내 종업원에게 건 냈다.

"케이크 다오. 콜라도 잊어선 안 될 것이야."

두 사람은 그 즉시 가게에서 가장 고급스러운 좌석으로 안 내되었다.

"이곳은 분위기가 좋구나."

"응. 가게가 예뻐."

자리에 앉은 두 사람은 케이크와 빵, 음료를 주문하곤 가게 의 인테리어를 구경하기 시작했다. 가게의 분위기가 시끄러워 진 것도 그때였다.

우당탕!

테이블이 넘어지고, 그 위에 있던 음식 접시와 물컵이 그대 로 엎어졌다. 그것을 그대로 뒤집어쓴 소년은 입술을 꾹 깨물 며 고개를 숙였다.

"문화의 도시니 뭐니 말은 거창하더니. 실상은 이런 거지새끼들이 돌아다니는 수준 낮은 도시에 불과하군."

누가 봐도 '나 귀족이요'라고 써놓은 듯한 의복을 입고 있는 남자가 신경질적으로 종업원을 불렀다.

"여기 책임자 불러와라. 지금 당장."

헬릭은 조용히 차가운 물에 빨대를 꽂아 마시며 그 광경을 구경했다.

쪼로록.

소란이 일어나자 가게에 앉아 있던 손님들의 시선이 집중되었다. 이에 귀족 남자는 눈살을 찌푸리며 불편한 기색을 드러냈다.

"이래서 천한 것들은…… 감히 누구를 쳐다보는 거지?"

"정리하겠습니다. 다들 고개 돌려라."

호위로 보이는 기사들이 번뜩이는 검신을 살짝 보여주며 손님들을 위협했다.

"어, 어흐음."

"메뉴가……."

그 살기등등한 모습에 겁먹은 이들은 고개를 돌려 메뉴판을 쳐다보거나, 애꿎은 숟가락과 포크만 정리했다. 라샤도 어두운 안색으로 헬릭의 소매를 흔들었다.

"헤, 헬릭. 저 사람들 위험해 보이니까 자꾸 쳐다보지 마아……."

"괜찮은 것이다. 저들이 뭘 어쩔 테냐. 이 땅을 다스리는 사람을 다스리는 자가 바로 나인데."

어깨를 으쓱으쓱거린 헬릭은 계속 사건 현장을 쳐다보았다. 손님들이 바짝 겁에 질리자, 귀족은 마음에 든다는 표정을 지으며 바닥에 쓰러진 소년을 내려다봤다.

"나는 너 같은 것들이 싫다. 어찌 너처럼 천한 것들이 귀족이라 불린단 말이냐. 그것이 나를 견딜 수 없이 괴롭게 하는구나."

"……."

바닥에 쓰러진 소년은 아무 말 없이, 깨진 접시 조각들을 모으기 시작했다.

"쯧쯧. 천한 것. 자존심도 없군."

상대의 반응이 시원찮자, 귀족은 흥미를 잃었다는 표정으로 손을 내밀었다.

"음료."

"여기 있습니다."

수행원이 과일 주스를 건네자, 귀족은 이를 한 모금을 마시며 소년을 내려다봤다. 그러다가 재미있는 생각이 난 듯, 그대로 병을 기울여 내용물을 소년의 머리 위에 쏟아부었다.

또르르르륵.

소년의 머리카락은 순식간에 끈적거리는 액체로 뒤덮였고, 귀족은 그제야 미소를 지었다.

"하하하! 이제야 좀 봐줄 만하구나. 그렇지 않느냐?"

"예, 과연 그렇습니다."

"도련님이 꾸며주신 덕분에 한층 더 멋있어졌습니다."

귀족을 보필하는 시종들이 허리를 꾸벅 숙이며 아부를 했다. 여기서 마음에 안 드는 대답을 했다간 목이 달아나기 때문이다.

가게를 관리하는 중년의 책임자가 도착한 것도 그때였다.

"이게 대체 무슨……"

"그대가 이곳의 책임자인가?"

"……그렇습니다만."

책임자가 굳은 표정으로 대답하자, 귀족이 손찌검을 날렸다.

짜악!

"어딜 감히 평민 따위가 내 눈을 똑바로 쳐다보지?"

"눈을 도려낼까요?"

"쯧, 내 아량이 넓으니 한 번은 참겠다."

"오오…… 태양신 헬릭께서도 도련님의 자비로움에 축복을 내려주실 겁니다."

그 모습을 구경하고 있던 칼 라샤가 슬쩍 헬릭의 얼굴을 쳐다봤다. 시선을 느낀 헬릭이 그녀를 쳐다보며 물었다.

"날 왜 그렇게 보느냐."

"아니…… 그냥 혹시나 싶어서."

"어휴, 라샤여, 의심할 신을 의심해다오. 저런 망나니한테 축복이라니. 당치도 않은 것이다."

"우웅, 의심해서 미안."

"음?"

목소리를 줄인다고 줄였지만, 주변을 걸어 다니며 손님들을 위협하던 기사 하나가 두 소녀의 대화를 들었다.

"어이, 방금 뭐라고 했지?"

기사가 눈을 부라리며 헬릭을 다그쳤다. 그 목소리가 제법 컸기 때문인지, 귀족의 고개가 그쪽으로 향했다.

"거긴 또 무슨 일이지?"

"이 녀석들이 도련님을 욕보이는 말을 하는 것을 들었습니다."

"세상에는 본인의 주제를 모르는 평민들이 참 많지."

혀를 차면서 그곳으로 다가간 귀족이 멈칫했다. 헬릭과 라샤가 입고 있는 드레스가 디자인부터 원단까지 너무 고급스러웠기 때문이다.

"……레이디들은 어디서 오셨습니까?"

귀족은 언제 화를 냈냐는 듯, 가식적인 미소를 띠우며 물었다. 이에 헬릭은 크게 기분이 상한 표정으로 물었다.

"지금 나에게 말을 건 것이더냐. 네까짓 게?"

"……궁금하군요. 제가 누구인지 알고 그런 말을 하시는 겁니까?"

두 사람의 신경전이 시작되려고 하자, 그에게 괴롭힘을 당하던 소년이 뛰어와 그를 막았다.

"다른 사람들에게까지 피해를……."

"눈앞에서 치워."

"예, 도련님."

기사들은 소년의 뒷목을 잡더니 옆으로 던져 버렸다.

"크악!"

그 모습을 지켜보던 헬릭이 라샤에게 말했다.

"라샤여. 내 눈앞의 무뢰배에게 전해다오. 다치기 전에 사라지라고."

"이, 이미 다 들었을걸……?"

"그리고 나에게 말을 걸 수 있는 인간은 이 땅에 단 한 명뿐이라는 말도 빼먹지 말아다오."

"다 들리잖아, 바보야……."

라샤가 안절부절못하며 눈앞의 귀족을 쳐다보았다. 그의 표정은 실시간으로 차가워졌고, 입가에 맺혀 있던 미소조차 점점 옅어지는 중이었다.

"모루드 경."

"예, 도련님."

"이 레이디들을 정중히 모셔라. 아무래도 사회의 쓴맛을 알려줄 필요가 있겠어."

"예."

모루드라 불린 사내가 부하들을 시켜 두 소녀를 구속하려 했다. 물론 번뜩이는 곡도 두 자루가 이를 제지했다.

"두 번 말하지 않는다. 검 넣어라."

"……음."

모루드가 살짝 신음했다.

'느껴지는 기운으로는…… 최소 나와 동급의 실력자다.'

그는 고개를 돌려 자신의 도련님을 쳐다봤다.

"왜, 천하의 모루드 경이 설마 저런 괴한 하나 상대 못 한다는 건 아니겠지."

"……그럴 리가 있습니까."

사실 저런 실력자를 부리는 세력이라면 척을 져서 좋을 건 없다. 하지만 자신은 일개 기사, 주인의 명령이라면 불구덩이에도 뛰어들어야 했다.

"웬 놈이냐."

모루드가 부하들을 헤치며 회색 로브를 뒤집어쓴 괴한에게 다가갔다. 그는 두 자루의 곡도를 까딱이며 경고했다.

"소란은 사양이다. 검을 넣고 물러서면 용서해 주겠다."

"하, 용서라? 모루드 경. 저걸 듣고만 있을 셈인가? 입을 찢어버려라."

주인의 짜증에 모루드는 혀를 차며 검을 뽑았다.

"선택지가 없군. 운이 나빴다고 생각해라."

두 사람의 신경이 곤두서며 검을 출수할 기회만 엿보는 순간, 헬릭이 입을 열었다.

"두 자루의 곡도라면, 그대는 블리자드로구나."

블리자드는 그 즉시 몸을 돌려 헬릭에게 정중히 고개를 숙였다.

"미처 인사를 드리지 못했던 점, 죄송합니다."

블리자드는 자신이 지켜야 하는 두 소녀가 누구인지는 자세히 알지 못했다. 하지만 이것만은 안다.

'마스터께서 지키고자 하는 분들.'

게다가 자신이 알기로는 마스터께서 극존칭을 사용하는 거의 유일한 분이다.

"으응, 아니다. 되었으니 뒤로 물러서거라."

"하지만 이자들은……."

"어차피 그대 혼자서는 힘들지 않느냐. 애초에 저 비겁한 무뢰배들이 정정단단하게 싸울 것이라 생각하느냐."

"당당이야. 정정당당."

라샤가 슬쩍 손을 들며 깨알같이 헬릭의 실수를 고쳐주었다. 헬릭은 이를 못 들은 척하며 입을 열었다.

"라샤여, 저기 있는 망나니에게 전해주어라."

척.

팔짱을 낀 헬릭이 한쪽 다리를 꼬며 귀족을 쳐다봤다. 고개는 살짝 뒤로 젖힌 상태였기에, 그를 내려다보는 눈빛이 되었다.

"지금 당장 모두에게 사과하고 사라지라고."

"……라고 전해달라네요."

모든 것을 포기한 라샤가 옅은 한숨을 내쉬며 귀족을 쳐다봤다. 그는 안면의 근육을 꿈틀대면서 자신의 기사들을 쳐다보았다.

"이 머저리 새끼들. 제 주인이 모욕을 당하는 데도 가만히 있는 건가!"

"지금 당장 생포해서 무릎 꿇리겠습니다."

"라샤여."

"응."

"반대로 말해서 네놈이 무릎 꿇는 데는 몇 분이나 걸릴 것 같으냐고 물어봐다오."

"라고 묻네요."

"하, 내가 무릎을 꿇어?"

귀족이 어이없다는 표정을 지으며 고개를 절레절레 흔들었다.

그는 이내 바닥에 쓰러진 소년의 머리채를 붙잡았다.

"봐라. 너 같이 힘도 없고, 영지도 없는 병신들이 귀족이라는 이름을 달고 설쳐대니까 귀족의 이름이 땅에 떨어지지 않았느냐."

"끄윽……."

"예전에는 이러지 않았다. 평민들은 모두 귀족을 우러러보았고, 감히 눈을 마주칠 생각조차 품지 못하였단 말이다."

"라샤여."

"응, 또 뭐라고 전해줄까."

이제는 완전히 맛 들인 라샤가 눈을 반짝이며 물었다.

"예전에는 존경받을 일을 한 자들만 귀족이 되었으니 그랬던 것이라고 전해주어라."

"응!"

라샤는 아무 말 않고 고개를 돌려 귀족을 말똥말똥 쳐다보기만 했다. 당연한 말이지만, 이미 의사 전달은 끝난 상태였다.

"어린 계집이 감히 뭘 안다고 아까부터 쫑알쫑알……!"

귀족은 더 이상 말다툼을 하기 싫다는 듯, 손을 휘저었다.

"끌고 와라."

"예!"

십수 명의 기사들이 블리자드를 에워쌌다.

이에 블리자드가 눈을 가늘게 뜨며 동선을 살폈다.

'마스터께서 부탁하신 두 분은 털끝 하나도 다쳐선 안 된다. 게다가 일반 손님들도 마찬가지. 그런 와중에 저들을 모두 제압하는 건…….'

솔직히 힘들다. 단순히 저들을 모두 죽이라고 하면 치고 빠지면서 죽일 수 있을 것이다.

하지만 누군가를 지키면서 싸운다는 건, 발목에 무거운 추를 달고 싸우는 것보다 힘든 일이었다.

"되었느니라. 더 이상 볼 것도 없는 것 같구나."

고개를 절레절레 흔든 헬릭이 품에서 무언가를 꺼냈다.

"부르는 거야?"

라샤의 질문에 헬릭이 고개를 끄덕였다.

"응, 카이가 말했잖느냐. 무슨 일이 생기면 주저 없이 사용하라고."

그녀는 고사리 같은 손가락을 움직여 무언가를 열심히 눌렀다. 그녀가 개발했던 폰이었다.

"으음."

뒤풀이를 즐기던 카이는 살짝 짜증이 나서 테라스에 나와 있는 상태였다.

그건 파티에 참가한 미꾸라지 한 명 때문이었다.

'메디프 백작이라고 했던가?'

그는 뼛속까지 귀족 사상에 물든 자였다.

물론 하인드 백작처럼 좋은 쪽으로가 아니라, 아주 나쁜 쪽으로.

은근히 자신을 비롯한 다른 사람들을 무시하는 태도는 카이의 심기에 크게 거슬렸다.

'쯧, 명분이 없으니 꺼지라고 할 수도 없고.'

똥을 만나면 더러워서라도 피해야 하는 법.

카이는 슬슬 파티를 떠날 준비를 했다.

그의 폰이 울린 것도 그때였다.

"응?"

헬릭이 직접 개조한 이 폰에 등록되어 있는 번호는 단 하나뿐이었다. 그녀는 다른 신들에게도 폰을 나눠줬지만, 그들과 번호를 나누려고 하면 헬릭이 기를 쓰고 막았다.

'그대의 폰에는 나의 번호만 있으면 되느니라.'

결국 자신의 폰이 울린다는 건 딱 하나를 의미했다.

'헬릭 님이 나한테 연락을?'

용돈도 충분히 주었기에 큰 걱정은 안 하고 있었던 터.

카이는 황급히 폰을 꺼내 메시지를 확인했다.

[헬릭 : 여기 넘넘 무서운 것이다. 지금 막막 괴롭힘을 당하는 중이니 어서 와서 구해주는 것이야.]

"음? 괴롭힘이라고?"

카이는 곧장 블리자드의 상태를 확인했다.

'생명력은 그대론데? 만약 헬릭 님이 진짜 위험하다면 이 녀석이 가만히 있을 리가 없는데…….'

자신의 명령은 목숨을 바쳐서라도 수행하는 녀석이니 말이다. 하지만 중요한 건 헬릭에게서 이런 메시지가 왔다는 점이었다.

'차라리 잘됐네. 저 거지 같은 백작이랑 떨어질 구실이 생겼으니까.'

정말 두 번 다신 안 봤으면 좋겠다.

"어디 보자……."

카이가 헬릭의 위치를 찾는 것은 눈을 감고 길을 걷는 것보다 쉬웠다.

'저쪽이구나.'

카이는 그녀와 라샤에게 얇은 신성 사슬을 달아놓았다. 신성 사슬 컨트롤이 극에 올랐기 때문에, 굉장히 얇아서 눈에도 잘 띄지 않았다.

'하지만 더 확실한 방법이 있지.'

헬릭과 라샤는 지상으로 내려올 때 대부분의 힘을 봉인하고 내려온다. 하지만 그럼에도 불구하고 그들의 신성력은 독특하다. 지금 당장 지닌 신성력은 카이가 월등히 많았지만, 그들의 신성력은 그 무엇보다 정순했다. 그들의 신성력을 잘 알고 있는 카이가 위치를 찾아내는 건 쉬웠다.

"저기인가."

멀리서 보기에도 외관이 고급스럽고 예쁜 레스토랑이었다.

하지만 카이가 다가가기도 전에, 유리창이 깨지며 웬 기사 하나가 튕겨 나왔다.

"크윽, 저 괴물 새끼가!"

기사가 다시 일어나려는 순간, 카이의 손아귀가 그의 목을 뒤에서부터 움켜잡았다.

"컥, 커어억……!"

"이것들 봐라?"

엉망이 된 가게 안을 쳐다보는 카이는 입가에 미소를 짓고 있었다. 하지만 눈동자는 차갑게 식어 있었다.

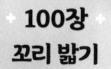

100장
꼬리 밟기

　카이에게 뒷목이 잡힌 기사는 곧장 오른손을 뒤로 휘둘렀다. 복부를 후려쳐 뒤로 물러나게 할 셈이었다.

　하지만 카이는 그의 생각보다 훨씬 고수였다.

　우드드득!

　날아가던 손목이 비정상적인 방향으로 꺾이자 기사는 비명을 내지르려 했다.

　"끄르륵……. 크륵."

　하지만 상대는 그마저도 허용하지 않았다. 뒷목을 꽉 잡혀서 침 끓는 소리만이 계속 흘러나왔다.

　'무, 무슨 힘이……!'

　아무리 용을 써도 상대의 손아귀에서 벗어나는 것이 불가능했다. 마치 성벽 아래에 깔린 것 같은 무기력한 기분마저 들

정도였다.

"아주 재미있는 짓거리를 하고 있네."

"크…… 으아아악!"

카이는 그를 질질 끌면서 성큼성큼 걸음을 내디뎠다.

순식간에 가게 안으로 들어간 그는 내부부터 훑었다. 즐겁게 식사를 하고 있어야 할 손님들은 테이블 밑에 숨어 벌벌 떨고 있는 상태. 게다가 눈물을 흘리는 어린아이들과 그들을 꼭 껴안고 있는 부모의 모습까지 보였다.

그 순간 카이의 머릿속에서 무언가가 뚝 하고 끊어졌다.

"……."

카이는 기사의 목덜미를 더욱 강하게 움켜쥐었다. 그의 목뼈가 아스러지면서 소름끼치는 소리를 토해냈다.

우드드드득!

그 소리에 모두가 움직임을 멈추었다. 블리자드를 압박하던 십수 명의 기사도, 상황을 여유롭게 지켜보던 귀족 차림의 남자도 행동을 멈춘 채 뒤를 돌아봤다.

"음?"

그는 카이를 쳐다보더니 가볍게 미소를 지었다.

"드디어 오셨군요."

그는 마치 원군이라도 도착한 것처럼 반갑게 카이를 맞이했다. 그러고는 벽쪽에 몰린 두 명의 소녀와 그를 지키는 괴한을

턱짓으로 가리켰다.

"쯧, 아무래도 영지 관리를 좀 하셔야겠습니다. 저런 무뢰배들이 대낮에 버젓이 돌아다니니 저희 같은 귀족들이 어찌 마음을 놓고 돌아다닐 수 있겠습니까."

"……."

카이는 아무 말 없이 그를 쳐다보았다.

"뭐, 물론 모르실 수도 있지요. 얼마 전까지는 남작이셨으니까요. 하지만 카이 님도 이제 백작이 되셨으니 지킬 건 지켜주셔야 되지 않겠습니까. 기본적인 영지 관리는 귀족의 기본 소양입니다. 아, 물론 이런 무늬만 귀족인 거지새끼들은 제외하고 말입니다."

그는 자신의 발치에 누워 있는 소년의 손등을 발꿈치로 짓밟았다.

콱!

"아아악!"

소년은 엄청난 격통이 느껴지는 손을 감싸며 몸을 굼벵이처럼 말았다.

그 순간 카이의 검이 빛살처럼 뽑혀 나왔다.

"마, 마스터! 죽이시면 안 됩니다!"

블리자드가 다급한 목소리로 외쳤다. 하지만 카이의 검은 이미 귀족의 목덜미를 살짝 파고든 상태.

주르르륵.

얕게 벌어진 상처에서 흘러나온 붉은 선혈이 검신을 미끄럼 틀처럼 타고 내려왔다.

시선을 내려 이를 확인한 귀족의 동공이 크게 확대되었다.

"피……?"

떨리는 손으로 자신의 목 부근을 더듬던 귀족에게 고통이 찾아든 것도 그 즈음이었다. 그는 평생 느껴본 적 없던, 앞으로도 느낄 거라 생각해 보지도 못했던 고통에 비명을 질렀다.

"아, 아파…… 아프다……. 아프다, 너무 아파!"

눈물을 터뜨리며 뒤로 물러난 귀족의 눈동자가 표독스러워졌다.

"감히…… 감히 메디프 백작가의 후계자인 나를 상처 입혀? 천한 모험가 따위가?"

그는 앞뒤 재지 않고 카이에게 달려들었다.

"어우, 뭐야."

이에 깜짝 놀란 카이는 저도 모르게 녀석의 복부에 발을 꽂아 넣었다.

"꺼억. 끄어어억……."

"도, 도련님!"

기사들이 카이에게 달려들려고 자세를 잡는 순간, 카이가 고개를 돌려 그들을 노려봤다.

"움직이는 놈은 죽는다. 두 번 경고 안 해."

"……."

그 말에 기사들은 이러지도 저러지도 못한 채 상급자인 모루드만 쳐다봤다.

모루드도 혼란스럽기는 마찬가지.

"크으윽. 뭐 해, 이 새끼들아……. 싹 다 죽여 버리라고! 죽여!"

귀족이 입가에서 침을 뚝뚝 흘려대며 소리쳤다. 하지만 카이에게 달려드는 기사는 단 한 명도 없었다.

카이가 내뿜는 드래곤 피어. 엄청난 스탯을 지닌 그에게서 흘러나오는 '강자의 기운' 때문이었다.

썩어도 준치라고, 기사들은 카이의 절대적인 힘을 알아보고는 완전히 기가 죽은 상태였다.

겨우 상황이 정리되는가 싶던 순간, 분노에 잠긴 목소리가 가게를 뒤흔들었다.

"이게 대체 무슨 꼴인가!"

노성을 터뜨리며 가게에 들어선 이는 메디프 백작이었다.

그는 피를 흘리며 쓰러져 있는 자신의 아들을 발견하고는, 카이를 죽일 듯이 노려봤다.

"자네가 이런 건가?"

그 질문에 카이는 말없이 고개만 한 번 끄덕였다.

"허, 허허허……. 허허허!"

메디프 백작이 돌연 헛웃음을 흘렸다.

그러기를 잠시, 웃음을 뚝 끊어버린 그가 이빨을 꽉 깨물며 소리쳤다.

"이 미친 새끼, 다리 하나 정도는 날려 버려!"

명령과 동시에, 백작과 함께 가게에 들어선 기사 한 명이 카이에게 달려들었다.

'과연, 백작의 영지쯤 되면 기사도 이 정도 수준인가.'

기사의 수준을 파악한 카이는 솔직하게 인정했다. 제법 강한 녀석이라고, 백작이 저토록 의기양양한 이유가 있었다고.

하지만 감상은 그것이 전부였다.

"핫!"

기사가 검을 쭉 뻗었다. 속도는 빨랐다. 게다가 그는 팔다리가 길었기에 검이 다가오는 체감 속도는 실제보다 훨씬 더 빨랐다.

하지만 카이는 그 속도를 따라잡았다. 마치 시간이 느리게 흐르는 것처럼 상대의 공격이 훤히 들여다보였다.

'빠른 검이다.'

그러나 자신에게는 닿지 않는다. 이유는 모르겠지만 그렇게 될 것이라는 막연한 자신감이 일어났다.

'내 검은 더 빨라.'

자신의 검은 아직 출수조차 안 했지만, 상대의 심장을 먼저 찌를 수 있겠다는 생각이 들었다.

스르릉.

카이가 검을 날카롭게 세워 앞으로 찔러 넣었다. 그 과정에서 낭비되는 에너지는 한 줌도 없었다.

후발선지(後發先至).

늦게 떠난 카이의 검이 기사의 심장을 먼저 파고들었다.

동시에 느릿하게 느껴지던 시간이 정상으로 돌아왔다.

푸우우욱!

"커어억……."

기사의 검은 죄 없는 허공의 공기를 베었다.

카이는 고통에 잠겨 얼굴을 일그러뜨리는 기사를 주먹으로 강타했다.

쾅! 콰아앙! 콰앙! 콰아아아아앙!

옆구리에 한 방, 얼굴에 한 방, 얼굴에 두 방, 마지막으로 얼굴에 세 방.

피떡이 되어 날아가는 기사의 생명력은 순식간에 걸레가 되어 있었다.

콰드드드득!

가슴이 걷어차인 기사가 가게 밖으로 튕겨 나갔다.

"……"

카이는 그를 가만히 쳐다보더니 입술을 달싹였다.

"인벤토리 오픈."

그가 꺼내 든 것은 통신 수정구였다. 값비싼 녀석으로, 마탑이나 길드에서나 쓸 만한 수준의 아이템이다. 하지만 카이는 이 수정구를 자신의 모든 세력과 영지에 골고루 분배해 놓았다. 바로 이런 순간을 위해서였다.

-카이 님, 호출하셨습니까.

코드를 입력하자 곧바로 아르칸 아카데미의 교장이자, 신학을 가르치는 알버트 교황의 얼굴이 수정구에 떠올랐다.

"알버트 님, 제가 뭐 하나만 여쭙겠습니다."

정중하게 묻고 있었지만, 카이의 목소리는 평소와는 달리 날카로웠다. 그 사실을 깨달은 알버트가 더욱 공손한 목소리로 대답했다.

-무엇이든 물어보시지요.

"태양교에서 제가 행사할 수 있는 권한의 상한선이 있습니까."

-카이 님에겐 그 어떠한 제한도 없습니다.

알버트 교황은 단 1초도 고민하지 않고 답했다. 시원하고 명쾌한 대답이었다.

카이는 눈동자를 데굴데굴 굴리는 메디프 백작을 슬쩍 쳐다봤다.

"어쩔래."

"……무엇을 말이냐."

"지금이라도 무릎 꿇고 빌면서 사과할래, 아니면 끝까지 갈까."

"……."

메디프 백작의 눈동자가 거세게 흔들렸다. 그가 알기로 카이는 태양교의 성혈단장이었다. 성혈단은 현재 태양교의 제일가는 무력 부대. 상식적으로 생각하면 이쯤에서 물러서는 것이 맞다.

'하지만……'

태어날 때부터 귀족이었던 그는 자존심에 커다란 상처를 입었다. 여기서 사과를 하고 물러선다면, 자신은 귀족 사회에서 놀림감이 될 것이 분명했다.

뿌드드득.

그런 일은 절대 일어나서는 안 된다.

'게다가 놈이 아무리 겁을 준다고 해도, 놈과 나는 세력을 쌓아 올린 시간부터가 다르다.'

자신의 가문은 라시온 왕국이 건국될 때부터 귀족이었다. 그렇게 생각하니 살짝 떨어졌던 자신감이 다시 솟구쳐 올라왔다.

'암. 나의 가문은 메디프. 갓 백작이 된 녀석 따위에게 좌지우지될 리가 없지.'

자신감을 되찾은 메디프 백작이 눈에 힘을 주며 말했다.

"끝까지 가면 그대의 세력도 멀쩡하지는 못할 것이다. 내 장담하지."

카이는 가볍게 고개만 한 번 끄덕였다.

"네가 선택했다. 후회하지 마."

메디프 백작이 찔끔했지만, 이미 열차는 떠난 후였다.

"지금 부터 태양교는 메디프 영지 인근에서의 모든 활동과 지원을 중지합니다. 아울러, 메디프 백작령과 적대 상태에 돌입함을 선포합니다."

-모든 것은 카이 님의 뜻대로.

메디프 백작과 그의 아들은 두고 보자는 말을 남기고는 도시를 떠났다. 마음 같아서는 그들을 감옥에 집어넣고 싶었지만, 알버트 교황이 이를 말렸다.

'지금 그들을 감옥에 가두면 훗날 카이 님에게 불리한 상황이 연출될 수도 있습니다.'

여기부터는 자신에게 맡겨달라는 교황의 말을 믿은 카이는 그 말을 따랐다.

"고생했어, 블리자드."

"아닙니다. 오히려 제 선에서 처리하지 못해 죄송합니다, 마스터."

블리자드는 오히려 겸손하게 말했다.

'하긴, 원래 이런 녀석이었지.'

어깨를 으쓱거린 카이는 헬릭과 칼 라샤에게 시선을 돌렸다.

"두 분, 다치신 데는 없으십니까?"

"난 괜찮으니라. 그런데 라샤가 잔뜩 겁먹었자너."

"내, 내가 언제 겁먹었어."

"그럼 아까 내 소매를 꽈악 쥐고 있었던 게 누구였느냐?"

"……너 치사해. 두고 봐."

잠시 티격태격하던 두 사람은 금세 지친 표정을 지었다.

"후으……. 카이여, 배고프니라."

"나도. 맛있는 걸 먹으러 들어왔는데, 귀족 놈한테 욕만 실컷 얻어먹은 것이에요……."

두 사람의 안쓰러운 표정을 바라보던 카이가 입을 열었다.

"그럼 근처의 다른 식당으로 자리를 옮기죠. 어차피 도시 구경은 물 건너간 것 같으니까요. 잠시만 기다려 주세요."

말을 마친 카이는 식당 내부를 돌아다니며 손님들을 한 사람, 한 사람 케어했다.

"햇살의 따스함."

"큐어."

치료는 물론이고, 소정의 위로금과 함께 고개를 숙여 오늘의 일에 대해 사과까지 건넸다.

"부디 이번 일로 하베로스를 미워하지 말아주셨으면 좋겠습니다."

"그, 그럼요. 그리고 함부로 고개 숙이지 마세요. 백작님께서 어찌 저희 같은 평민에게……."

하지만 돌아오는 건 감사의 인사보다, 안절부절못하는 NPC들의 모습뿐이었다.

'……어째 귀족이 된 뒤로 NPC를 대하는 게 더 힘들어진 것 같네.'

예전에는 한낱 모험가였기에 자신이 항상 고개를 숙이며 다녔다. 자신의 마음가짐과 고개는 그때와 똑같지만, 이제는 상대방 쪽에서 이를 부담스러워한다. 그렇다고 목에 빳빳하게 힘을 주는 것은 자신의 스타일이 아니었다.

'뭐, 언젠가 내 태도에 대한 정답도 알게 되겠지.'

카이는 마지막으로 귀족에게 괴롭힘을 당하던 소년을 치료했다.

"정말 감사합니다. 언젠가 꼭 연락 주십시오. 저희 가문은 은혜와 원수는 절대로 잊지 않습니다."

본인을 베르마 남작가의 자제라고 소개한 소년은 예의바르게 인사하고는 자리를 떠났다.

"카이여, 이제 정녕 끝난 것이더냐?"

어느새 다가온 헬릭이 눈을 동그랗게 뜨며 물었다.

"예, 끝났습니다. 메디프 백작령은 이제 끝났고, 저희야 못 즐

겼지만 반응을 보니 문화의 도시도 대박이 난 것 같으니까요."

"그것참 잘된 일이로구나."

"추, 축하드려요."

두 소녀의 축하를 받은 카이는 행복한 미소를 지었다.

그로부터 정확히 두 시간 뒤.

알버트 교황으로부터 연락이 왔다.

메디프 백작령을 점령했다는 내용이었다.

"메디프 백작이 당했습니다. 본교와의 접점이 공개되는 것도 시간문제일 것 같습니다."

부하가 건넨 예상치 못한 보고에 아트록 추기경은 한참 동안이나 말이 없었다. 그것은 현재 그가 느끼고 있는 분노가 제법 거대하다는 것을 의미했다.

잠시 후, 겨우 화를 억누른 아트록 추기경이 입을 열었다.

-어떻게 된 것이냐.

"카이의 영지를 염탐하러 갔다가 시비가 붙었습니다."

-또 그 녀석인가.

아트록 추기경은 사사건건 자신의 일을 방해하는 모험가의 이름을 몇 번이나 중얼거렸다.

-카이, 카이, 카이……

그러기를 잠시, 그가 이상하다는 목소리로 되물었다.

-하지만 메디프 백작의 영지에는 본교가 지원한 암흑 기사들이 다수 있을 터. 그리 호락호락하게 당하지는 않을 텐데?

"태양교가 나섰습니다. 메디프 백작령에 있던 신전으로 대거 이동된 성기사와 이단심판관들이 영지를 쑥대밭으로 만드는 데에는 불과 두 시간밖에 걸리지 않았습니다."

-잠깐……. 태양교가 나섰다고, 성혈단을 말하는 건가?

"아닙니다. 본단의 성기사와 이단심판관 3천이 메디프 백작령을 방문했습니다."

-호오?

아트록 추기경의 텅 비어 있는 눈두덩이가 순간 이채를 발했다.

"일개 성기사인 주제에 어찌 본단에 그런 힘을 행사할 수 있는지는 아직 조사 중입니다."

-어리석기는. 아직까지 모르겠느냐.

아트록이 부하의 무지를 꾸짖었다.

-일개 성기사나 사제, 아니 하다못해 대주교라고 해도 절대 그런 명령을 내릴 수는 없다.

"경청하겠습니다."

-예로부터 태양교 본단의 모든 권력을 한 손에 넣고 흔드는

존재들이 있었다. 그들이 누구인지 아느냐?

부하는 잠시 생각을 하더니 입을 열었다.

"그야 교황이 아니겠습니까."

-틀렸다. 그들은 외부에 공개되는 허수아비일 뿐. 진정한 교단의 주인은 단 세 명만이 존재했었다. 바로 사도라 불리는 존재들이었지.

"사도……! 혹 태양의 사제를 언급하시는 겁니까?"

부하가 깜짝 놀란 표정을 지으며 반문했다. 얼마나 놀랐는지, 바닥만 보고 있던 얼굴을 들었을 정도였다.

-그게 아니라면 교단을 그런 식으로 움직이는 건 불가능한 일이다. 아아, 이제야 의문점들이 풀리는구나. 처음부터 의심을 했어야 했거늘…….

항상 궁금했었다. 어찌 일개 성기사로 추정되는 녀석이 번번히 본교의 일을 방해할 수 있는지에 대해서.

혼자서 인어 족을, 엘프 족을, 드워프를 구한 것으로도 모자라 아오사와 자탄을 죽였다. 게다가 최근에는 무려 할리까지 처치했다.

'그렇군. 녀석이 사도라면 가능하다.'

그들은 신의 힘을 인간의 몸으로 행사하는 괴물들이다. 실제로 단 세 명의 사도는 태양교를 대륙 최고의 집단으로 만들었다.

'설마하니 모험가가 사도일 줄이야…….'

아트록 추기경은 자신의 기분이 나아졌음을 느꼈다.

'차라리 지금에라도 알게 되어 다행이군.'

메디프 백작, 확실히 아깝긴 하지만 버리지 못할 패는 아니다. 그 하나를 희생해서 사도의 정체를 밝혀냈다면 딱히 손해는 아니었다.

문제는 지금부터였다.

-메디프 백작과 연결된 자들은 어떤 이들이 있지?

"그는 라시온 왕국에서 순수 혈통의 귀족만이 가입 가능한 사교 집단, '더 퓨어'를 이끌고 있습니다. 대다수가 본교가 접촉한 이들인 걸 생각하면…… 아마 밝혀지는 건 시간문제일 것 같습니다."

-쯧, 생각보다 출혈이 크군. 거사일이 얼마 남지 않았는데 말이지.

아트록 추기경이 혀를 찼다. 골리앗이 발의했던 작전은 바로 '더 퓨어'의 구성원을 이용해 라시온 왕국을 격전지로 만드는 것이었다.

사실 뮬딘 교가 메디프 백작을 비롯한 몇몇 귀족들에게 접근하는 것은 굉장히 쉬웠다. 그들은 현 왕국의 귀족 체제에 반감을 느끼고 있었고, 자신들만이 진정한 귀족이라 생각했으니까.

적당히 자존심을 높여주고 당근을 주니 옳다구나 싶어서 뮬딘 교의 손을 잡았다.

-제법 오랜 시간 공들인 탑이 무너지는 건 한순간이군.

라시온 왕국의 귀족들을 구워삶는 건 모두 제16암살단장, 카쿤이 진행했었다. 어느 날 갑자기 사라진 그 역시 카이에게 죽임을 당했다고 의심 중인 상태였다.

"이렇게 되면 국왕을 살해하고 라시온 왕국을 무주공산의 상태로 만든다는 골리앗 신도의 작전이 시작부터 틀어지게 됩니다."

물론 이 작전의 베이스는 골리앗이 아닌 스팅의 머리에서 나왔다.

-흐음. 눈을 가릴 방법은 없을 것이다.

뮬딘 교의 흔적을 다름 아닌 태양교가 발견했다. 녀석들은 눈에 불을 켠 채 메디프 백작과 티끌만큼이라도 관련된 자들을 조사할 것이다.

-어차피 정체가 탄로 날 것이라면…… 거사를 앞당기는 것이 낫다. 준비는 어디까지 되었지?

"14개의 암살단이 모든 준비를 마친 채 라시온 왕국에 잠입했습니다. 게다가 본교에서 포섭한 라시온 왕국의 귀족은 총 42명. 그들의 영지에는 14만 명의 암흑 기사가 있습니다. 그들이 전국 각지에서 동시에 활동을 개시한다면, 라시온 왕국이 혼란에 빠지는 것은 순식간입니다."

딱, 딱딱.

아트록 추기경의 뼈 손가락이 의자 손잡이를 두드렸다.

잠시 머릿속에서 승산을 점치던 아트록 추기경이 입을 열었다.

-나쁘지 않군. 하지만 14만이라, 아직 준비가 덜 돼도 한참이나 덜되었군. 아마 좋은 결과는 나오기 힘들겠지.

"그 말씀은……?"

-저 병력으로 국왕을 살해하는 것은 현실적으로 불가능하다. 선택과 집중의 시간이지. 어디…….

라시온 왕국의 지도를 살펴보던 아트록 추기경이 고개를 끄덕였다.

-포섭한 귀족들 대부분이 동부와 서부에 위치해 있군. 그렇다면 북부 괴멸로 목표를 바꾸겠다.

북부가 궤멸당하면 알데바란, 하란 왕국을 견제하는 국경이 무너지는 것이다. 그 말은 추가적인 혼란을 야기할 수 있다는 뜻.

감탄한 부하가 고개를 낮게 숙였다.

"모든 것은 뮬딘 님의 뜻대로."

카이는 알버트 교황의 다급한 호출을 받고 아르칸 아카데미로 향했다. 정확히 말하자면, 알버트가 기거하고 있는 신전을 방문했다.

"교황님, 갑자기 무슨 일이세요?"

카이의 질문에 알버트 교황은 깊은 한숨을 내쉬며 보고서를 건넸다.

"우선 이것부터 읽고 이야기를 나누시지요."

보고서를 받은 카이는 그것을 단숨에 읽어 내렸다.

"잠깐만요. 메디프 백작의 저택 지하에서 어둠의 정수를 대거 확인? 게다가 기사들의 태반이 뮬딘 교의 신성력을 사용했다니…… 이게 대체 무슨 소립니까?"

"그 말 대로입니다. 메디프 백작은 뮬딘 교와 관련이 있는 자들이었습니다. 혹시 저번에 카이 님이 구속하셨던 베이스커 남작을 기억하십니까?"

"기억합니다."

베이스커 남작은 과거 카이가 자리를 비웠을 때의 아르칸 영지를 노렸던 녀석이다. 뮬딘 교의 제16암살단장에게 딸랑거리며 영지를 수집하던 녀석으로, 현재는 수감 중.

"그때도 라시온 왕궁은 발칵 뒤집혔었습니다. 뮬딘 교의 손길이 자국의 귀족에게까지 드리웠다는 것을 확인했기 때문이지요."

"그래서 귀족들을 대대적으로 조사한 것으로 압니다만?"

"맞습니다. 그리고 그 수색을 진두지휘했던 자 중 하나가 메디프 백작입니다."

"쯧, 고양이에게 생선을 맡긴 꼴이네요."

"예. 아무래도 라시온 왕궁도 이번 일로 크게 충격을 받은 모양입니다. 저에게 베오르크 국왕의 친필 서신이 왔습니다."

"……무슨 내용이었습니까?"

사실 묻고 싶지 않았다. 왠지 모르게 자신이 귀찮아질 것 같은 예감이 무럭무럭 자라났으니까.

슬프게도 안 좋은 예감은 빗나가질 않았다.

"과거 태양교의 간자들을 모두 쓸어낸 사람을 소개시켜 달라는 요청이 담긴 서신이었습니다. 그리고 누구보다 잘 아실 테지만, 태양교에 숨은 뮬딘 교의 세작들을 색출해 낸 건 다름 아닌 카이 님이셨지요."

"음. 하지만 그때와 지금은 상황이 많이 다릅니다."

그것은 겸손이 아닌 사실이었다. 태양교의 간자를 색출해 낼 때는 헬릭이 정말 큰 도움을 줬으니까.

'헬릭 님도 은근히 뒤끝이랑 집착이 있어서…… 신도가 자신을 배신했는지 안 했는지, 뇌물을 몇 번 받아먹었는지, 비리를 얼마나 저질렀는지를 꼬박꼬박 메모장에 기입하고 계셨지.'

괜히 등골이 으실으실해진 카이가 몸을 부르르 떨었다.

"그때는 대상이 신관들이었기에 아주 티끌만큼이라도 뮬딘 교의 기운이 섞여 있으면 저도 대강 구분이 되었습니다. 하지만…… 솔직히 귀족들은 잘 모르겠네요."

하얀 도화지 위에 검은색 점 하나가 찍힌 것과, 검은 돌 위에 검은색 점 하나가 찍힌 것. 당연히 후자 쪽을 알아채는 것이 압도적으로 힘들 수밖에 없었다.

실제로 카이는 얼마 전 베오르크의 탄신일 때 왕궁을 방문했지만, 뮬딘 교의 기척은 느껴본 적이 없었다.

"으음, 그렇다면 어떤 식으로 답변을…… 음?"

얼굴 가득 수심이 내려앉은 알버트 교황이 돌연 눈을 깜빡였다. 카이의 다리 뒤에 숨어 있는 두 소녀를 발견한 까닭이었다.

"그런데 이분들은…… 누구십니까?"

"아, 그게……."

차마 '사실 이분이 당신이 믿는 신이에요'라고 말할 수는 없었다. 그건 헬릭이 가장 두려워하는 일이기도 했다.

"허어, 그나저나 두 분의 기운이 정말 정순하군요. 마치 오랜 시간 고행을 쌓은 고위 신관처럼 느껴질 정도입니다."

"애, 애들은 원래 순수하니까요. 지닌 기운도 정순하겠죠."

카이가 대충 얼버무리자, 알버트 교황은 마지못해 고개를 끄덕이며 수긍했다.

"그럴 수도 있겠군요. 그럼 답신은 뭐라고 보내면 되겠습니까."

"으음."

고민에 빠진 카이가 살짝 눈을 감자, 누군가가 소매를 꼬옥 쥐고 흔들었다.

당연히 라샤나 헬릭, 둘 중 하나일 터였다.

"……부르셨어요?"

살짝 몸을 낮춘 카이가 속삭였다.

범인은 헬릭이었다. 그녀는 기분이 굉장히 좋아 보였는데, 어깨가 으쓱으쓱 올라가려는 것을 간신히 참는 것처럼 보였다.

'왜 이러시지? 아까 케이크 드셔서 그런가?'

그 이유는 금세 밝혀졌다.

"어휴, 카이여. 그대는 정말이지 내가 없으면 어쩌려구 그러는 것이냐?"

팔짱을 낀 헬릭은 고개를 45도 각도로 돌리며 나름 새침한 표정을 지었다.

"이번 한 번은 내가 도와주겠다는 말이니라."

"……직접 도와주신다고요?"

"웅. 헬릭이 알버트랑 그대의 이야기를 좀 들어봤자녀. 그런데 지금 쫓고 있는 것이 나와 라샤의 식사를 방해한 녀석들의 동료들 아니더냐?"

"그렇죠."

"엄청 괘씸하자녀. 그러니 이번에는 특별히 도움을 주겠느니라. 원래 이러면 안 되는 건데."

그야 안 되겠지. 천계에 있어야 할 신이 아무리 힘을 봉인했다고는 하나, 중간계로 내려와서 활약하는 것은…….

'버그 아닌가?'

카이가 고개를 갸웃거렸지만, 손해는 아니었다.

'오히려 압도적인 이득이지. 페가수스에서 안 된다고 뭐라고 하면 그만두면 되고. 대신 대가로 또 뭐 받아내면 되겠지.'

하지만 유일하게 걱정되는 것이 있다면, 바로 그녀의 안전.

"위험하지 않으시겠어요? 힘도 대부분 봉인되셨는데."

"그대가 옆에서 지켜줄 텐데 무슨 걱정이더냐?"

"……생각해 보니 그러네요."

게다가 뮬딘 교와 전면전을 펼치는 것도 아니고, 귀족들을 살피며 뮬딘 교의 세작인지 아닌지 구별만 하면 되는 간단한 일이었다.

"뮬딘의 기운이 조금이라도 스쳐 지나간 녀석들은 기가 막히게 찾을 수 있느니라."

라샤도 덩달아 손을 들며 자기 어필을 시작했다.

"저, 저도 도움이 될 거예요. 냄새를 잘 맡거든요."

그게 단순히 후각이 좋다고 찾을 수 있는 부분인가?

잘 모르겠지만 본인들이 할 수 있다는데 어찌겠는가.

"알겠습니다. 그럼 한 번만 도와주세요."

카이는 다시 몸을 일으키고는 자신을 기다리고 있던 알버트 교황에게 말했다.

"답신 보내주세요. 제가 직접 가겠다고."

카이는 헬릭, 라샤와 함께 라시온 왕궁 복도를 걷고 있었다. 항상 천계에만 있던 두 사람은 인간 세상의 왕궁이 신기한지, 연신 주변을 두리번거렸다.

"우와아……."

그러던 중 라샤가 멋진 그림 앞에 멈춰 서자, 헬릭이 입을 열었다.

"그림이 예쁘구나. 라샤, 원한다면 내가 한 점 그려주겠느니라."

라샤가 단호하게 고개를 내저었다.

"아니, 괜찮아. 너 그림 못 그리잖아."

"……그, 그건 수백 년 전 얘기 아니더냐. 지금은 다르니라. 지금은."

지금도 못 그리던데.

그리고 수백 년 전부터 그림을 그렸는데 그 실력이라고?

카이는 땀을 삐질 흘리며 두 사람에게 주의를 줬다.

"두 분 목소리가 너무 크세요. 왕궁에서는 그렇게 시끄럽게 대화하시면 안 돼요."

"왜 때문이냐?"

헬릭이 순진무구한 눈빛을 보내며 물었다.

"음…… 도서관에 가면 정숙이라고 쓰여 있잖아요? 그게 사람 이름이 아니고, 모두 조용히 하라는 뜻이에요. 왕궁은 그런

도서관보다 더 조용해야 하는 곳이구요."

"도서관을 안 가봐서 모르는 것이다……"

헬릭이 시무룩한 표정을 짓자 카이는 그녀와 눈높이를 맞추며 이해를 도와줬다.

"자, 헬릭 님. 왕궁에는 누가 살고 있을까요?"

"왕."

"맞습니다. 이곳은 국왕의 집 같은 곳이에요. 만약 누군가가 헬릭 님이 기거하시는 천상의 정원에 방문해서 시끄럽게 떠들면 기분이 어떨 것 같아요?"

"으음."

잠시 생각을 해보던 헬릭이 입을 열었다.

"쫓아내고 싶을 것 같으니라."

"그렇죠? 다른 사람의 집에 방문했을 때는 시끄럽게 떠들고 그러는 거 아니에요. 심지어 이곳은 보통 인간도 아니고 국왕의 집이잖아요."

"나는 신이자녀."

"저도요."

라샤가 손을 번쩍 들며 또 자기 어필한다.

하지만 카이는 눈 하나 깜짝하지 않고 논리적으로 두 사람을 압박했다.

"물론 두 분 다 신이죠. 하지만 대부분의 힘을 봉인하고 지상에 내려왔잖아요? 그리고 이곳에서 두 분은 뭐다?"

"난 헬리자베스. 그대의 먼 친척."

"저는 라샤. 카이 님의 먼 친척인 헬릭의 소꿉친구예요."

"그렇죠. 두 분은 지금 평범한 인간이라는 설정이잖아요. 헬릭 님 저랑 의사 놀이할 때를 떠올려 보세요. 헬릭 님은 실제로 의사가 아니지만 그때는 의사인 척을 하셨죠?"

"응. 나 연기 잘하자너."

"……네, 뭐. 아무튼 지금은 두 분 다 인간이라는 설정이니까 국왕 전하를 상대로는 깍듯해야 해요. 아셨죠?"

"응."

"저도요."

훈계를 끝내고 자리에서 일어서려던 카이가 멈칫하더니 다시 몸을 숙였다.

"……그런데 헬릭 님. 며칠 전부터 생각했는데, 그 말투는 대체 어디서 배우신 거예요?"

"무슨 말투를 말하는 것이냐?"

"했자너, 안 했자너. 이 말투요."

"아아, 그거 말이더냐."

헬릭이 배시시 웃으며 입을 열었다.

"그대도 알겠지만 내가 폰을 개조하지 않았더냐."

"그러셨죠. 신성력으로 작동하는 폰으로."

"작동법도 모르고 개조할 수는 없는 법. 그래서 인간들이 폰을 사용하는 것을 며칠간 유심히 살펴보았던 것이다. 그 과정에서 그들이 폰을 통해 주고받는 메시지들도 보았다. 거기서 이 말투도 배우게 된 것이야."

"……"

그건 범죄 아닌가? 아니, 신이 인간 세상을 내려다보는 것이니 업무의 일종이라고 봐야 하나.

"내가 뭘 안 해서 그렇지, 한 번 했다 하면 배우는 건 금방인 것이야."

"예. 뭐…… 배우는 게 빠르시네요."

복잡한 표정을 지은 카이는 마지못해 고개를 끄덕였다.

"아무튼 국왕 전하를 만나면 발언에 신경 써주세요. 두 분다 아셨죠?"

"알았느니라."

"조심할게요."

카이는 말을 참 잘 듣는 두 소녀와 함께 알현실로 향했다.

"음?"

알현실의 문 앞에서 대기 중이던 바체가 카이를 보고는 살짝 놀란 표정을 지었다.

"그대가 왜 여기에…… 아, 혹시 태양교의 세작들을 색출해낸 것이 자네였나?"

"예."

"정말이지, 전하의 표현이 딱 들어맞는군."

바체는 어이없다는 표정으로 고개를 설레설레 흔들었다.

"뭐라고 하셨는데요?"

"양파 같은 사람이라고 하시더군. 매번 새로운 모습을 보여 준다고."

"제가 좀 진국이라는 소리를 자주 듣긴 합니다."

"진국? 무슨 소리인지는 모르겠지만, 안쪽에서 기다리고 계시니 어서 들어가 봐라."

"네."

바체가 열어준 문으로 들어서자, 보고를 듣고 있던 베오르크 국왕이 대신들을 물렸다.

"보고는 나중에 이어서 듣도록 하지."

"예, 전하."

대신들이 물러가자, 베오르크 국왕이 카이를 향해 물었다.

"역시 그대였나."

"알고 계셨습니까?"

"확신은 아니었지만, 가능성이 높다고 생각했지. 그대는 태양교의 사도가 아니던가."

라시온 왕국의 NPC 중에선 단 두 명만이 이 사실을 알고 있었다. 전 재상이자 어둠 추적자의 수장인 타르달, 그리고 그의 제자이자 국왕인 베오르크.

'하긴, 내가 사도라는 걸 알고 있다면 간자 색출 건과 연결 짓는 건 크게 어려운 일이 아니지.'

굳이 숨길 것도 없겠다, 카이는 고개를 끄덕였다.

"그때는 운이 좋아 제가 뮬딘 교의 세작들을 찾아낼 수 있었습니다."

"그 운이 다시 한번 발휘되기를 기도해야겠군. 옆의 아이들은 누구인가?"

"이 아이들은…… 제 조수 같은 존재라고 보시면 됩니다. 뮬딘 교와 손을 잡은 귀족들을 색출하는 데 도움이 될 것입니다."

"안녕하세요? 헬리자베스예요."

"날씨가 선선한 오후네요. 라샤라고 합니다."

예의 바르게 90도로 허리를 숙이며 배꼽 인사를 하는 두 사람. 그 귀여운 모습은 평소 잘 웃지 않는 베오르크 국왕마저 미소 짓게 했다.

"귀여운 아이들이로군. 그래서, 어떤 식으로 도움을 주면 되겠나?"

"우선 귀족들을 만나봐야겠지요. 가능하면 그들이 저희의 존재를 눈치채지 못했으면 좋겠습니다."

"그렇다면 마침 적당한 곳이 있다. 그곳으로 귀족들을 불러주지."

"더 이상 바랄 게 없습니다."

"좋군."

베오르크 국왕은 고개를 끄덕이며 시종을 통해 세 사람을 한 장소로 안내했다. 그곳은 한쪽 벽이 통째 유리로 되어 있었는데, 그 유리를 통해 건너편 방을 볼 수 있었다.

"저 방에서는 이 유리도 평범한 벽으로 보일 겁니다. 환영 마법을 걸어놓으셨다고 하더군요."

시종의 설명에 카이는 감탄했다.

"제가 딱 원하던 장소네요. 완벽합니다."

"다행입니다. 지금부터 조사할 귀족들의 프로필은 여기 있습니다. 파악이 끝나시면 이쪽 수신기의 버튼을 눌러주십시오."

그는 제법 두툼한 서류들과, 웬 리모콘같이 생긴 기기 하나를 주고는 고개를 숙였다.

"그럼 부디 힘내주시길."

시종이 방을 나가자, 카이는 방 안에 마련된 푹신한 소파에 몸을 묻었다. 헬릭과 라샤도 카이를 쳐다보더니 각자의 소파에 앉아 그 푹신함을 만끽했다.

"헬릭 님, 제가 딱히 도와드릴 건 없습니까? 간자들을 찾을 때 말이에요."

"있지 왜 없겠느냐."

"말씀만 해주세요. 제가 어떻게 도와드려야……."

카이가 말을 잇는 순간, 건너편 방에 누군가가 들어왔다.

그는 사방의 벽을 의심스러운 눈빛으로 쳐다봤지만, 이내 수상한 점을 찾지 못했는지 고급스러운 의자 위에 앉아 눈을 감았다.

"정말 저희가 안 보이는 것 같네요."

신기하다는 목소리로 중얼거린 카이는 시종에게 받았던 보고서를 훑어보았다.

"메탄 자작, 더 퓨어 소속의 귀족이군요. 영지의 위치는 동부…… 어라, 제 이웃인데요?"

고개를 돌린 카이가 헬릭을 쳐다봤다.

그녀는 눈을 가늘게 뜬 채, 메탄 자작을 쳐다보고 있었다.

"음, 잘 모르겠구나. 아무래도 지상에 내려오면서 신성력 대부분을 봉인해서 그런 것 같은데."

"끄응. 그럼 어떻게 해요?"

"그대가 도와줘야지 뭘 어쩌겠느냐."

헬릭은 대수롭지 않은 표정으로 카이를 쳐다봤다.

"신성력 좀 빌려다오. 곱게 쓰고 돌려줄 것이야."

"어…… 그런데 어떻게 빌려드려야 하는지 모르는데 어떡하죠?"

NPC들이야 신성력이나 마나를 신체의 일부처럼 자유롭게 통제할 수 있지만, 카이는 유저다. 시스템의 도움 없이는 그러한 기운들을 의지만으로 조종하는 것이 불가능했다.

"내 손을 잡고 신성력을 빌려주겠다고 생각하면 되는 것이니라."

헬릭이 조그마한 손을 카이에게 내밀었다.

그 모습을 지켜보던 라샤가 눈을 가늘게 뜨며 중얼거렸다.

"피. 거짓말쟁이……."

"어? 라샤 님 뭐라고 하셨어요?"

"아니, 아무것도 아니에요."

고개를 갸웃거린 카이는 헬릭의 조막만한 손을 꼬옥 붙잡았다.

'여기서 신성력을 빌려주겠다고 생각을 품으면……'

생각과 동시에 자신의 신성력이 조금씩 소모되는 것이 느껴졌다.

"앗, 신성력 왔다."

헬릭은 마치 택배라도 받은 사람처럼 중얼거렸다. 동시에 그녀의 머리 위로 꺼놓았던 광채 도넛이 다시 떠올랐다.

반짝, 반짝!

이어서 눈을 한 번 감았다 뜨자, 그녀의 금안이 보석처럼 빛나기 시작했다. 그 영롱한 눈으로 메탄 자작을 살펴보던 헬릭이 입술을 달싹였다.

"쟤 간자이니라."

"헐, 진짜요?"

"웅. 뮬딘 교 녀석들의 기운을 온몸에 덕지덕지 붙어 있느니라. 아주 짜증 나자녀."

3초 만에 귀족 하나를 판별해 낸 그녀는 카이의 손바닥을 꾹꾹 눌렀다.

"다음."

"아, 네. 그럼 잠시만요."

메탄 자작의 프로필이 게재된 보고서에 X자 표시를 한 카이는 시종에게 받은 수신기를 눌렀다. 그러자 왕궁 근위병들이 방에 들어와 메탄 자작에게 나오라 손짓했고, 그는 고개를 갸웃거리며 방을 나갔다. 이어서 들어온 귀족은 다행히 뮬딘 교와 관련이 없는 자였다.

그런 식으로 헬릭 판사님은 귀족들을 계속해서 판별했다. 수 시간이 흐르자, 헬릭은 막 쪄낸 떡처럼 흐물흐물해져서 소파 위에 널브러졌다.

"흐어어. 피곤하니라. 일을 너무 많이 한 것이야. 케이크으……."

"일 끝나면 왕창 사드릴게요. 일단 조금 쉬고 계세요."

카이는 벌써 몇 명이나 되는 간자들을 색출해 낸 헬릭의 머리를 쓰다듬었다.

그 모습을 가만히 보고 있던 라샤는 먹잇감을 발견한 고양이마냥 눈을 빛냈다.

"이제 저요! 저한테 신성력 주세요."

"······어라, 라샤 님도 도와주시려고요?"

"저도 신이에요. 잘 찾을 수 있어요."

"도와주시면 저야 감사하죠. 라샤 님도 손잡으면 되는 거죠?"

"일단은요."

맞으면 맞는 거고 아니면 아닌 거지, 일단은 무엇이란 말인가.

카이는 아무런 의심 없이 라샤의 손을 잡았다. 그녀의 손은 헬릭보다 조금 더 차갑다고 생각하며 신성력을 전달하던 카이가 눈을 깜빡였다.

"어? 라샤 님. 신성력이 안 가는데요?"

신성력을 빌려주겠다는 생각을 품었음에도 불구하고, 신성력은 소모되지 않았다.

"헤헤······ 네? 아! 저는 방법이 좀 다른가 봐요."

라샤는 카이의 손을 들어 자신의 정수리에 올려놓았다.

"저는 머리를 쓰다듬어주시면서 해야 돼요. 평소에 헬릭한테 해주시던 것처럼요."

"이렇게요?"

카이는 평소 헬릭을 칭찬할 때처럼 정성스럽게 라샤의 푸른 머리칼을 쓰다듬었다.

그러자 라샤의 표정이 잘 찐 호떡처럼 녹작지근해졌다.

"헤헤······ 맞아요, 이렇게 하시면 돼요."

"이게 신마다 조금씩 전달 방식이 다른가 봐요?"

"그런 거죠."

"……완전 거짓말쟁이에 욕심쟁이자녀."

이번엔 헬릭이 뭐라고 중얼거렸지만, 녹초가 되어버린 그녀는 더 이상 말을 뱉을 힘이 없어 보였다.

"정말 훌륭하군."

베오르크 국왕이 믿을 수 없다는 표정으로 보고서를 훑었다. 카이가 7시간 만에 무려 32명이나 되는 간자들을 색출했기 때문이었다.

'아직 소환에 응하지 않은 귀족들이 제법 남아 있지만, 그럼에도 불구하고…… 놀랍군.'

입이 쩍 벌어질 정도로 훌륭한 성과였다.

동시에 베오르크의 눈썹이 꿈틀댔다.

"바퀴벌레를 잡기 위해 저택을 모두 태우는 건 미련한 행동이지만, 이번만큼은 참을 수 없군."

단단히 화가난 음성을 뱉어낸 그가 대신들에게 일렀다.

"지금 당장 군을 일으켜라. 내 이 배신자 놈들을 엄하게 다스릴 것이다."

"예, 전하."

한밤의 왕성이 분주해지는 가운데, 베오르크는 카이를 향해 감사를 표했다.

"정말 큰 일을 해주었다. 그대가 없었다면 저 간악한 자들이 내 땅에서 무슨 짓을 벌였을지…… 상상만 해도 끔찍하군. 그대야말로 진정한 라시온 왕국의 복이로다."

"감사합니다. 하지만 이번만큼은 저보다 이 두 사람의 공이 더 컸습니다."

카이는 겸손한 자세로 자신의 공을 두 소녀에게 돌렸다.

"흠?"

이에 흥미를 느낀 베오르크가 카이의 눈을 직시했다.

[베오르크가 절대자의 시선을 사용합니다.]

[베오르크가 당신의 말에 대한 진위 여부를 파악합니다.]

[베오르크는 당신의 말이 사실이라는 것을 깨달았습니다.]

"호오, 정녕 사실이었단 말인가?"

의심병 환자인 베오르크는 한 차례의 확인을 거친 뒤에야 두 소녀를 바라봤다.

"그대들도 정말 대단한 일을 해주었다. 혹 바라는 것이 있다면 무엇이든 말해보거라."

"사탕과 과자로 이루어진 집을 원해요."

"저는 복도에 걸려 있던 그림이 가지고 싶어요. 주시면 안 돼요?"

두 소녀의 귀여운 요청에 베오르크가 껄껄 웃었다.

"하하하! 귀여운 부탁이로다. 좋다, 두 사람이 원하는 것을 내어주도록 하지."

"존경하는 국왕님 만세에."

"와아, 만세에."

헬릭과 라샤가 잔뜩 신난 표정으로 두 팔을 올리며 베오르크를 찬양했다.

장난기가 발동한 베오르크 국왕은 입꼬리를 말아 올리며 눈을 빛냈다.

[베오르크가 절대자의 시선을 사용합니다.]

[대상들의 격이 현저하게 높습니다. 스킬이 취소됩니다.]

[베오르크가 헬릭의 말에 대한 진위 여부를 파악하는 데 실패했습니다.]

[베오르크가 라샤의 말에 대한 진위 여부를 파악하는 데 실패했습니다.]

"……응?"

"이 무슨……."

카이는 당황했고, 베오르크도 안색이 딱딱하게 굳어졌다.

오직 두 명의 소녀만이 아무것도 모른 채 그를 찬양했다.

"베오르크 국왕 전하가 최고인 부분이에요."

"그런 것이에요~"

베오르크는 다시 한번 두 소녀를 바라봤다.

[베오르크가 다시 한번 절대자의 시선을 사용합니다.]

[대상들의 격이 현저하게 높습니다. 스킬이 취소됩니다.]

[베오르크가 헬릭의 말에 대한 진위 여부를 파악하는 데 실패했습니다.]

[베오르크가 라샤의 말에 대한 진위 여부를 파악하는 데 실패했습니다.]

"……."

침묵이 이어졌다. 대신들은 두 눈을 데굴데굴 굴리며 베오르크의 눈치 보느라 바빴다.

정작 베오르크는 그 순간 카이를 빤히 쳐다보고 있었다.

'아, 망한 것 같은데.'

그것도 두 눈 가득 의심이라는 이름의 열매를 주렁주렁 달아놓은 상태로.

"모두 나가 있어라."

베오르크의 명령이 떨어지자 대신들은 이때다 싶어 우르르 알현실을 빠져나갔다.

"하아."

한숨을 내쉰 카이는 아무것도 모른 채 대신들과 함께 방을 나가려는 두 신을 붙잡았다.

영문을 모르는 두 소녀는 눈을 똘망똘망하게 뜨며 카이를 올려봤다.

"응? 왜 붙잡느냐?"

"국왕 전하가 나가 있으라고 하셨는데요?"

"……저희 빼고 나가 있으라는 소리입니다."

'맞습니까?'라는 눈빛으로 베오르크를 쳐다보자, 그는 고개를 가볍게 한 번 끄덕였다.

눈을 감은 베오르크는 잠시 생각에 잠겼다.

'내 눈에 담긴 힘은 라시온 왕가의 핏줄 대대로 물려 내려온 힘.'

대상이 하는 말의 참과 거짓을 파악하는 힘이었지만, 당연히 제약이 존재했다.

'나보다 격이 높은 존재에게 사용할 때, 혹은 그와 연관된 질문을 할 때.'

그럴 때는 능력이 통하지 않는다. 만약 모든 대상에게 제약 없이 사용 가능했다면, 지난번 뮬딘 교 세작에 대한 조사를 시행했을 때 누구도 베오르크의 눈을 피해갈 수 없었을 것이다.

'그렇다면 저 두 사람은……'

최소 인간이 아니다.

그것이 베오르크가 내린 결론이었다. 왜냐하면 자신은 누군가에 대해서 질문한 것이 아니었으니까.

그저 저들이 자신을 진심으로 찬양하는지가 궁금해서 반쯤 장난으로 시험해 봤을 뿐이었다.

'인간이 아니다. 그렇다면 대체 누구지?'

태양교의 사도인 카이가 데리고 다니는 이들이니 악한 이들은 아닐 것이다.

복잡한 눈빛으로 두 소녀를 바라보던 베오르크의 시선이 유독 헬릭에게 길게 머물렀다.

그러기를 잠시, 그의 동공이 점점 커져갔다.

'……가만. 그녀의 이름이 헬리자베스라고?'

설마, 그럴 리가 없다. 하지만 베오르크는 부정을 하면서도 그녀에 대해 알고 있는 조건들을 나열하기 시작했다.

'헬리자베스라는 이름에 금발, 금안에 나보다 격이 높은 존재라고 한다면……'

"맙소사."

경악한 표정을 지은 베오르크가 자리에서 벌떡 일어섰다.

그러더니 옥좌와 이어진 계단을 빠르게 내려와 자신을 올려다보는 헬리자베스를 바라보았다. 계단을 모두 내려온 베오르크가 떨리는 음성으로 카이를 불렀다.

"······카, 카이 백작."

"예, 전하."

"솔직하게 대답해 주게. 이 분이 내가 생각하는 그분이 맞는가?"

들켰구나.

카이는 베오르크의 질문에 짧은 탄식을 흘렸다.

'하긴, 단서가 이 정도나 흘러넘치는데 헬릭이라는 걸 못 알아채는 건 말이 안 되지.'

슬쩍 고개를 내려다보니 헬릭과 라샤는 아직까지도 인간인 '척'을 하고 있었다.

이에 카이는 살포시 고개를 숙여 두 사람에게 속삭였다.

"헬릭 님, 인간이 아니란 거 들키셨습니다. 라샤 님은 아직 안전한 거 같고."

그에 따라 두 사람은 상반된 반응을 내비쳤다.

"헉! 부, 분명 내 연기는 완벽했을 터인데······! 어째서······ 어째서인 것이냐?"

"이걸 좋아해야 할까요, 슬퍼해야 할까요······."

정체가 들켜 머리를 붙잡고 패닉에 빠진 신 하나. 이름을 대 놓고 말해도 알아주지 않아서 우울해진 신이 하나.

카이는 문득 '두 사람을 가만히 쳐다보기만 해도 심심할 일은 없겠구나'라고 생각했다.

"이럴 리가 없지 않느냐, 분명히 내가 연기 천재라고 스필벅
스라는 모험가도 그랬는데⋯⋯! 분명히 그랬는데!"

그러면서 동의해달라는 표정으로 카이를 올려다본다. 이쯤
되자, 카이는 그녀가 냉혹한 현실에 눈을 뜨게 도와줄 수밖에
없었다.

"죄송합니다⋯⋯ 정말 죄송해요. 연기는 조금⋯⋯."

그것만으로도 충분한 대답이 되었다.

"그런⋯⋯ 말두 안 되는⋯⋯ 그짓말⋯⋯."

헬릭은 나라 잃은 사람처럼 허망한 표정을 지은 채 다리에
힘이 풀려 쓰러졌다. 항상 당당하던 어깨랑 콧대마저 조금 가
라앉은 것 같은 착각이 일어날 정도.

그러거나 말거나, 베오르크 국왕은 한쪽 무릎을 꿇으며 헬
릭에게 예(禮)를 갖추었다.

"죄송합니다. 미처 위대하신 분을 몰라뵌 것을 용서해 주십
시오."

"아니⋯⋯ 괜찮으니라⋯⋯ 몰라뵌 건 몰라뵈었으니까 몰라
뵌 것이겠지⋯⋯."

헬릭이 횡설수설을 하며 베오르크의 말을 받았다.

"라샤 님."

카이가 눈짓을 주자, 눈치 빠른 라샤가 맡겨달라는 표정으로

대꾸하고는 헬릭을 부축해 알현실 구석으로 데려가 토닥였다.

베오르크 국왕은 멀어지는 헬릭의 뒷모습을 바라보며 걱정스럽게 중얼거렸다.

"으음, 내가 정체를 밝혀서 우울해지신 건가. 위대하신 분의 뜻을 헤아리지 못하다니 큰일이구나…… 하지만 나로서는 정말 상상조차 못 했었네."

"이해합니다, 보통은 이런 일이 일어날 거라고 상상하지 않죠? 게다가…… 아시잖아요."

대륙인들은 헬릭을 카리스마 넘치는 중년인이라고 생각하고 있다는 것을.

"물론 알고 있다네. 아마 저분의 정체가 밝혀지면 대륙의 모든 신도들은 충격에 빠질 테니까."

역시 뭘 좀 아는 국왕이다.

"그런데……."

베오르크가 갑자기 은근한 목소리로 물어왔다.

"너무 궁금해서 그러네만. 살짝 귀띔을 해주면 안 되겠나? 헬릭 님이 대체 어떤 신과 결혼하신 건지."

"……예?"

머엉.

카이는 아무 생각없이 길을 지나가다가 느닷없이 뒷통수를 한 대 얻어맞은 표정을 지었다.

'결혼이라고? 이게 무슨…… 아!?'

설마 베오르크는 헬릭…… 아니, 헬리자베스를 헬릭 본인이 아닌 딸이라고 생각하는 건가?

'가능성이 있어…… 아니, 지금껏 말한 걸 보면 거의 확실하잖아?'

베오르크는 헬리자베스를 헬릭 본인이라고 말한 적이 없었다. 아마 대륙의 모든 신도들이 충격에 빠질 것이라는 말은, 헬릭에게 딸이 있다는 것을 겨냥한 말이겠지.

머리가 빠르게 굴러간 카이가 그를 한 번 떠보았다.

"결혼이라. 으음…… 어머니에 대한 건 헬리자베스 님에게 여쭤보고 와야 합니다만."

"알겠네. 하지만 안 된다고 하시면 굳이 들을 필요는 없으니 무리하지 말게나."

"예."

확실하다. 그는 헬리자베스를 헬릭의 딸이라고 생각하고 있다.

마음이 한결 놓인 카이는 곧장 알현실 구석에 쭈그리고 앉은 헬릭에게 다가갔다.

"너무 슬퍼하지 마. 눈치가 빠른 인간일 수도 있지. 그래도 넌 들키기라도 했잖아, 난 그거인 걸…… 들은 적도 없는…… 뭐였지."

"흐어엉…… 듣보자압이자나……."

"마자…… 난 듣보잡 신이야…… 들은 적도, 본 적도…… 크힝…… 없는…… 크으어엉."

"괜차나, 괜차나아! 흐으윽. 내가 널 평생 기억하니까아."

"고마어허으허헝."

좀 달래주고 있으라니까, 그새를 못 참고는 서로를 부둥켜안고 눈물 파티를 열고 있다.

"두 분, 뚝 안 그치세요?"

왜일까, 이 순간이 데자뷰처럼 느껴지는 이유는.

카이는 지끈거리는 이마를 부여잡고는 능숙하게 두 소녀를 달래기 시작했다.

"우선 헬릭 님부터 뚝. 아마 베오르크 국왕은 헬릭 님이 누구인지 모르는 것 같아요."

"쿨쩍…… 그게 정말이느냐? 정말 나를 헬릭이라고 생각하지 않고 있느냐?"

헬릭이 의심 가득한 두 눈으로 카이를 바라봤다.

카이는 그녀의 눈빛을 올곧게 쳐다보며 고개를 끄덕였다.

"예, 정확히는 헬릭 님의 딸이라고 줄 알고 있는 상태예요."

"……딸? 내가?"

"네. 제 생각에는 헬릭 님께서 뿌려놓은 태양신 이미지가 너무 강하게 박힌 것 같아요."

자그마치 수백 년이다. 태양신 헬릭은 지난 수백 년 동안 근

엄하고, 카리스마 넘치는 중년의 모습으로 신도들에게 숭배를 받아왔다.

'운이 좋았지.'

뛰어난 인간일수록 자만에 빠지기 쉽다. 착각에 빠지기 쉬운 법이다.

베오르크가 딱 그랬다.

'내가 파악한 베오르크는 머리가 좋아. 게다가 절대자의 시선이라는 사기적인 스킬까지 있지.'

자신의 능력이 통하지 않는 대상을 찾았는데, 그것이 자신이 알고 있는 신과 특징이 비슷하다.

헌데 그 신이 헬릭이라면?

아무리 베오르크라고 해도 수백 년간 고착화된 관념을 뒤집고 그녀를 헬릭이라고 생각할까?

'절대 아니지.'

오히려 그녀가 헬릭의 딸이라고 판단하는 것이 상식적이다. 게다가 헬릭의 반응과 자신의 반응으로 그것이 맞다는 확신까지 가졌을 것이고.

슬쩍 뒤로 돌아보니 아니나 다를까, 베오르크는 만족스러운 표정을 짓고 있었다.

"네. 그러니까 헬릭 님이 선택하세요. 헬릭의 딸인 척 연기를 할 것인지, 그냥 진실을 말할 것인지."

"무조건 숨길 것이니라."

헬릭이 단호하게 말했다. 그 목소리에서는 일말의 두려움마저 느껴졌기에 카이는 위화감을 느낄 수밖에 없었다.

'……원래 신들은 자신의 정체가 발각되는 것을 이렇게까지 두려워하나?'

하지만 그러자니 옆의 라샤가 설명이 되지 않는다.

그녀는 자신을 몰라준 것이 서럽다고 엉엉 울고 있으니까.

카이는 쓸데없는 상념을 지우며 두 사람을 달랬다.

"어쨌든 헬릭 님은 그럼 앞으로 헬릭 님의 따님인 헬리자베스인 거예요. 아셨죠?"

"웅! 난 나의 딸인 헬리자베스인 것이다. 명심하겠느니라."

듣고 보니 조금 이상하긴 하다만 어쩔 수 없는 일이겠지.

카이는 고개를 돌려 칼 라샤를 달랬다.

"라샤 님도 진정하세요. 하린 씨는 유능하니까, 사도가 되면 금세 교단을 부흥시켜 줄 거예요."

"크힝…… 그치마안…… 제 시련을 통과할 수 있을까요? 그거 어려운데…… 이럴 줄 알았으면 지나가는 개미도 통과할 수 있게 쉽게 만들 걸 그랬어요……."

아니, 지나가는 개미도 통과할 수 있으면 시련이 아니지.

"괜찮을 거예요. 그녀는 제가 아는 그 어떤 모험가보다 뛰어납니다. 실력만 두고 본다면 저보다도 훨씬 뛰어나요."

"······정말요?"

"네."

카이의 말에 조금씩 호흡이 진정된 라샤는 소매로 눈물을 슥슥 닦더니, 언제 울었냐는 듯 멀쩡한 표정을 지었다. 물론 그래 봤자 붉게 물든 채 부어오른 뺨과 눈가는 숨겨지지 않았지만.

"알겠어요. 그럼 그녀를 믿어보는 것이에요."

"착하십니다."

성공적으로 두 소녀를 달랜 프로 베이비시터는 그녀들의 손을 잡고 베오르크에게 돌아갔다

"미안하지만 내 어머니에 대해서는 말해줄 수 없느니라."

"앗, 괘념치 마십시오. 오히려 제가 위대하신 존재의 기분을 상하게 하지는 않았나 싶어 송구스럽습니다."

베오르크 국왕은 헬리자베스를 상대로 쩔쩔매며 어쩔 줄을 몰라 했다.

처음에는 왜 그렇게 어려워하나 싶었는데, 생각해 보니 그럴 만도 하다.

'라시온 왕국의 국교가 태양교구나.'

이해하기 쉽도록 비유하자면 베오르크는 계열사의 사장이고, 헬리자베스는 그룹 오너의 딸인 셈이다.

헬릭은 잠시나마 자신을 울게 한 베오르크를 새침하게 쳐다보았다.

"……뭐어, 살다 보면 오해도 할 수 있는 법이겠지. 한 번 봐
주겠느니라."

"역시 자비를 관장하시는 분의 따님답게 마음이 넓으시군
요. 감사합니다, 정말 감사합니다."

카이는 베오르크가 보여주는 약한 모습에 절로 웃음을 지
었다.

그때였다.

벌컥!

"전하아!"

알현실의 문이 활짝 열리며 풀 플레이트 메일을 장비한 귀
족 몇 명이 뛰어 들어왔다.

"음……."

카이가 저도 모르게 침음을 뱉어냈다.

지금 이거, 분위기가 심상치 않다.

101장
북부 탈환전

"웬 소란이냐."

베오르크가 평소의 위엄 넘치는 목소리로 물었다.

헬릭은 그 대사와 톤이 조금 멋있었는지, 옆에서 계속 '웬 소
란이냐, 웬 소란이냐'를 반복해서 중얼거리고 있다.

"왕명을 받들어 군대를 모집했습니다만…… 저희가 한발
늦었습니다."

"한발 늦었다니? 자세히 설명해 보아라."

베오르크의 표정이 딱딱해졌다.

그 표정에 맞게 무거워진 알현실에서, 귀족들이 차례대로
입을 열었다.

"배신자들이 먼저 선수를 쳤습니다. 놈들이 군을 일으켜 북
상(北上)하고 있습니다."

"카이 백작이 밝힌 귀족들 이외에도 배신자들이 더 있었습니다. 무려 10명이옵니다."

"42명의 배신자들은 모두 동부와 서부에 고르게 분포되어 있었습니다. 그들이 일으킨 군대의 창끝이 지금 이 순간에도 북쪽을 향하고 있습니다."

"그들의 군세는 15만으로 추정되는 바입니다."

"……15만이라?"

꿈틀.

베오르크 국왕의 눈썹이 거칠게 요동쳤다. 생각보다 반군의 규모가 훨씬 컸기 때문이다.

보고를 같이 듣던 카이도 그 규모에 살짝 혀를 내둘렀다.

'치열하겠어.'

물론 큰 걱정을 하지는 않는다.

자신의 입장에서야 15만이 크지만, 라시온 왕국이 작정하고 칼을 뽑으면 단숨에 그 수의 세 배가 넘는 군대를 일으킬 수 있다.

'무엇보다 북부에는 사령관인 하인드 백작이 있지.'

침공 때는 운 나쁘게 근처에 상급 게이트가 두 개나 열리며 고전을 면치 못했지만, 지금은 다르다.

'시간은 라시온의 편이야. 하인드 백작이 성문을 굳게 잠그고 수성만 해줘도 라시온의 본대가 반군을 섬멸할 테니까.'

베오르크도 똑같이 생각했는지, 코웃음을 쳤다.

"고작 15만의 군세로 반역을 일으키다니…… 감히 그런 오합지졸의 군으로 중앙까지 닿을 수 있으리라 생각한 건가."

베오르크는 자신이 있었다. 15만의 군대는 왕궁은커녕, 수도에조차 도달하지 못할 것이라고.

헌데 비보(悲報)는 거기서 끝난 것이 아니었다.

"……전하. 보고드릴 것이 하나 더 있사옵니다."

"편하게 말하라. 이제는 더 놀랄 힘조차 없는 것 같으니."

몸서리치는 배신감과 분노에 맥이 쭈욱 빠진 베오르크가 살짝 힘 빠진 목소리로 말했다.

그런데 보고를 올리던 귀족들이 조금 이상하다. 서로의 얼굴만 쳐다보면서 입을 꾹 다문 것이다.

"……내 말해보라 하지 않았느냐."

귀족들의 태도에서 무언가가 이상하다는 것을 눈치챈 베오르크가 그들을 다그쳤다.

그제야 귀족 하나가 총대를 메고 입을 열었다.

"혹시 블랙드래곤이라는 모험가 세력을 아십니까?"

"음?"

그 질문에는 베오르크보다 카이가 먼저 반응했다.

'블랙드래곤이라면…… 흑룡 길드인데? 게네는 알데바란 왕국 소속이잖아.'

그런 녀석들의 이름이 왜 여기서 나온단 말인가.

의문은 빠르게 풀렸다.

"그들이 자신의 세력을 이끌고, 알데바란 왕국의 국경선으로 남하(南下)하는 중입니다. 이에 북부사령관인 하인드 백작이 군과 기사들을 이끌고 국경으로 향했습니다."

"이런 미친……."

카이가 저도 모르게 욕지거리를 뱉어냈다.

흑룡 길드는 미드 온라인의 모든 길드를 통틀어 길드원이 가장 많은 길드였다. 공식적으로 발표한 길드원은 무려 20,000,000. 이천만 명이다.

물론 그 숫자는 단순히 길드에 가입된 길드원들의 수. 모두가 알데바란 왕국에서 활동하지는 않는다. 대륙 전역에 흩어져서 이 시간에도 사냥을 하거나, 퀘스트를 깨거나. 혹은 현실에서 잠을 자고 있을 수도 있다.

"가만, 하인드 백작이 국경선 쪽으로 향했다면, 북부의 영지들 태반이 비어 있다는 소리 아닌가?"

"예. 하인드 백작과 그를 따르는 열다섯 개의 가문들이 병사들과 함께 영지를 비웠습니다."

"으음……."

한 마디로 현재 북부의 영지들은 비어 있다는 뜻. 당연한 말이지만 영지민들은 물론이고, 귀족들의 목숨 또한 위험하다.

"······반군들이 북부를 향하고 있다고 하였나."

"예. 처음부터 그들의 목적은 중앙이 아니었습니다."

"······북부."

베오르크가 침음성을 삼켰다.

뮬딘 교는 바보가 아니었다. 15만으로 라시온 왕궁을 쓸어 버리겠다는 오만한 생각은커녕, 지극히 냉정한 판단을 내렸다.

'15만 명이라면······ 평소에도 북부를 밀어버리기에는 터무 니없이 부족한 숫자다.'

하지만 지금은 상황이 조금 다르다. 영지를 지켜야 할 북부 의 병력들이 국경선을 강화하기 위해 이동한 상태였으니까.

"······본대의 준비는 언제 끝나지?"

"중앙 병력 20만 명의 편성은 여섯 시간 이내로 끝낼 수 있 습니다."

"반군과 북쪽 군의 충돌 예상 시간은?"

"······네 시간 이내입니다. 그들은 수베르 운하를 따라 빠르 게 북상하고 있습니다."

"여섯 시간과 네 시간이라······."

두 시간.

베오르크는 그 간격을 좁힐 방도를 도저히 떠올리지 못했 다. 수백 명도 아니고, 무려 수십 만 단위의 대군이다. 당연한 말이지만 텔레포트 마법을 이용해서 옮길 수도 없다. 그런 말도 안 되는 일이 가능했다면, 마법사 최다 보유국인 오곤 제국이 진작 대륙을 정복했을 것이다.

한참을 고민하던 베오르크가 입을 열었다.

"군 편성 시간으로 다섯 시간 주지."

"부, 불가능합니다, 전하! 수만 명도 아니고, 무려 20만 명이나 되는 대군이옵니다!"

"나도 안다. 그럼에도 되게 하라! 이대로 북부가 멸망당하는 것을 보고만 있을 셈인가?"

"으음……."

귀족들은 당황한 표정을 지우지는 못했지만 이내 고개를 끄덕였다.

"그럼 최선을 다해보겠…… 아니, 반드시 해내겠습니다."

"라시온에 영광을!"

그들이 서둘러 알현실을 나가자, 옥좌로 터덜터덜 다가간 베오르크가 그 위로 쓰러지듯 앉았다.

"15만 명의 반군에 더해…… 2천만 명이 가입한 초거대 세력을 동시에 상대해야 하다니."

베오르크는 피곤한지 눈가를 계속 주물렀다.

그 모습을 조용히 쳐다보던 카이는 계산을 하는 중이었다.

'뮬딘 교와 흑룡 길드 사이에 무슨 거래가 있었는지는 모르겠어. 하지만…….'

베오르크는 몰라도, 유저인 카이는 확실히 알 수 있는 것이
있었다.

'흑룡 길드? 걔네는 절대 라시온 왕국에게 싸움 못 걸어.'

그들이 싸움을 거는 순간, 그건 라시온 왕국과 알데바란 왕
국의 전쟁으로 이어지게 된다. 당연히 알데바란 측에서 이를
용인할 리가 없었다.

물론 흑룡 길드가 알데바란 왕국을 좌지우지할 정도로 크
다면 모를까, 아직은 시기상조다.

'특히 다른 국가에게 선전 포고를 하는 건, 현재 흑룡의 위
치에선 절대 무리야.'

오히려 그들은 자신의 밥그릇을 챙기기에 여념이 없다.

최근 알데바란의 왕이 급격히 세를 불리는 흑룡 길드를 견
제하기 시작했으니까. 당연히 흑룡 쪽에서는 그 정도의 엄청
난 권력을 손에 쥐지도 못했고, 알데바란 국왕에게 밉보일 짓
을 하지도 못한다.

'흑룡 길드가 알데바란 왕국의 국경에 본격적으로 참여하려
면, 못해도 1년은 지나야 해.'

흑룡의 길드원 수는 세계 제일이지만, 그건 저레벨 유저까
지 포함한 숫자다. 당연히 그들의 전력은 국가를 상대하기에
는 초라하기 그지없었다.

'한 마디로 지금 흑룡이 국경선에 몰려든 건 독자적으로 벌

인 일이라는 소리야.'

그것이 의미하는 바는 간단했다.

'그렇다면 흑룡과 북부 군의 충돌은 없다. 확실해.'

전투가 없다. 그럼에도 불구하고 흑룡이 군대를 이끌고 남하한 이유는 하나밖에 없을 것이다.

'하인드 백작과 다른 영주들이 영지를 비우게 만들기 위해서다. 일종의 허수아비 역할이지.'

영지의 주인이 자리를 비우면 반군이 북부를 밀어버리는 것은 굉장히 쉬워진다.

주인 없는 성채를 차례차례 수복해나가는 것은 물론. 종국에는 하인드 백작의 군대와 평원에서 소모전을 할 수 있게 되니까.

'누가 이기든, 결과적으로 북부는 궤멸에 가까운 상태를 맞이하게 될 거야.'

그리고 그것이 뮬딘 교가 바라는 일일 것이다.

여기까지 생각이 미친 카이가 입을 열었다.

"베오르크 국왕 전하."

"……뭔가."

힘없는 음성이 카이의 귓가를 맴돌았다.

카이는 그의 말을 들으며 천천히 입을 열었다.

"아직 절망하실 필요는 없습니다. 오히려 이 자리에 제가 있어서 다행입니다."

"그게 무슨 뜻이지?"

언제나 기대를 주는 사람, 언제나 기대한 것 이상을 해내는 사람.

베오르크 국왕은 지난번 카이를 그렇게 평가했었다. 때문에 그의 눈동자로 한 줄기 희망이 피어올랐다. 카이라면 이번에도 무언가를 해줄 것 같다는 막연한 기대감이 생겼기 때문이었다.

"이 전쟁, 저에게 맡겨주십시오."

그 말에 베오르크는 살짝 실망한 표정을 지었다.

"……물론 자네는 강하네. 누구도 그 사실을 의심하지는 않아. 허나 개인이 군대를 압도할 수는 없는 법이라네. 그건 자네의 해골 군대를 일으켜도 마찬가지일 터. 무려 수십만의 병력들이 맞붙는 무대라네."

"전하. 전 맞붙어서 이길 생각이 처음부터 없습니다."

"그게 무슨 소리인가? 알아듣도록 설명해 주게."

베오르크가 재촉했지만, 카이는 짓궂은 생각을 떠올린 개구쟁이마냥 웃기만 했다.

"아무래도 저, 라시온 왕국의 복이 맞나 봅니다."

"보고드립니다. 벌써 북부의 영지 두 개를 손에 넣었습니다. 성채에는 최소한의 관리 인원만 남기고 본대는 다음 성을 점령하기 위해 떠났습니다."

-좋군.

간만에 흡족한 보고를 듣게 된 아트록 추기경이 옅은 웃음을 흘렸다. 보고를 올리던 부하는 잠시 머뭇거리더니 입을 열었다.

"그런데 추기경님, 궁금한 점이 하나 있습니다."

-무엇이냐.

"이제 라시온 왕국의 북부 귀족들은 물론이고, 백전무패의 노장인 하인드 사령관 또한 죽음을 맞이할 겁니다. 그렇다면 이번 기회에, 알데바란에 심어놓은 세작들까지 동원하여 아예 라시온 왕국을 깨끗하게 밀어버리는 것이 좋지 않겠습니까?"

부하의 말은 듣기에는 제법 그럴듯했다. 북부가 궤멸되어 큰 혼란에 빠진 라시온을 밀어붙이는 것은 생각보다 쉬워 보였으니까.

-쯧쯧쯧…… 한심하고 어리석구나.

허나 아트록 추기경은 그런 부하의 무지한 생각을 꾸짖었다.

-어찌 이렇게 하나만 알고 둘을 모르느냐. 왜 다들 제 앞의 길만 보고 걸음을 뻗어. 그 길 끝에 도사리는 것이 까마득한 낭떠러지라는 것은 보이지가 않는단 말이냐. 한심한 것들.

"시, 심기를 어지럽혀서 죄송합니다."

-생각해 보아라. 너 따위도 생각해 내는 것을 내가 몰랐을 것이라 생각하느냐?

"그, 그런 생각은 해본 적 없습니다! 정말입니다, 믿어주십시오!"

부하가 당황한 목소리로 소리치자 아트록 추기경이 천천히 설명했다.

-잘 들어라. 이번 기회에 알데바란 왕국의 병력을 차출하면 라시온을 정리하는 건 쉽겠지. 하지만 본교가 노리는 것이 라시온의 멸망이더냐?

"아닙니다. 이 땅 위의 모든 국가를 파멸시키고 단일 종교국을 건설하는 것이 목표입니다."

-알긴 아는구나. 생각해 보거라. 지금쯤 세작 문제로 다른 국가들은 비상이 걸렸을 것이다.

"맞습니다. 벌써부터 두 제국은 긴급회의를 소집했습니다."

-그들의 생각이야 뻔하지. 라시온 왕국에서 세작이 나왔으니, 혹시 우리에게도 있을지 모른다고 의심하고 있을 것이다. 하지만 그 증거를 찾을 수는 없겠지.

"물론이지요. 게다가 아직 의심의 단계일 뿐입니다."

-처음에는 의심이었던 것도, 두 번이면 확신으로 바뀌는 법이다. 라시온에 이어 알데바란에서도 세작들이 나온다면 다른 국가들은 자국에도 세작이 있다고 확신할 것이다. 몸을 웅

크리고 경계하고, 세작 색출에 모든 힘을 쏟아붓겠지.

"아…… 세작들은 그들의 눈을 피해 활동하는 것이 힘들어지겠군요."

부하가 이해했다는 듯 고개를 끄덕였다.

-하지만 그것이 끝이 아니다. 실체가 없는 존재를 계속해서 경계하고, 서로를 의심하는 행위는 매우 피곤하고 지치는 일이지.

"……아!"

부하는 그제야 추기경이 진정 원하는 바를 깨달았다.

"그들이 서로를 의심하고, 반목하면서 혼란에 빠지기를 바라시는 거로군요!"

아트록 추기경이 고개를 끄덕이며 끌끌 웃었다.

-의심이란 녀석은 말이다. 씨앗만 뿌려놓아도 알아서 무럭무럭 자라는 녀석이다. 종국에는 서로를 물어뜯을 거대한 열매를 피우는 녀석이지.

"정말 대단하십니다. 그 정도까지 내다보실 줄이야……."

-항상 명심해라. 우리의 적은 대륙에 존재하는 모든 세력이라는 것을. 어설픈 머리와 힘으로는 그들을 이겨내지 못한다. 수백 년 전, 나는 그것을 뼈저리게 느끼면서 다짐했다.

아트록 추기경의 텅 비어 있는 해골 눈두덩에서 붉은 안광이 번쩍였다.

-두 번 다시 패배하지 않겠노라고.

그 시각, 뮬딘 군은 북부의 다섯 번째 영지를 손에 넣은 상태였다.

평원에는 총 3만 명의 유저들이 도열을 맞춘 채 서 있었다. 입고 있는 장비는 모두 제각각이었지만, 가슴에는 하나같이 검은 용의 문양이 새겨져 있었다. 그들을 이끌고 있는 흑룡의 제3단주, 쿤 팽이 수정구를 들고 있었다.

-적들의 동향은?

수정구에서 나른한 목소리가 흘러나왔다. 흑룡의 마스터인 쟈오 린의 목소리였다.

그는 오늘 작전에 직접 참여하지 않았다. 만에 하나 일이 잘못되었을 때를 대비해 빠져나갈 구멍을 파놓은 것이었다.

쿤 팽은 국경선에 세워진 알데바란의 성채 위에서, 저 멀리 떨어진 성채를 쳐다봤다.

바로 라시온 왕국의 국경선에 세워진 성채였다.

"그대롭니다. 하인드 백작을 비롯한 다른 영주들이 주기적으로 성채에 올라와서 저희들을 살피고 있습니다. 그들은 자신의 영지에서 무슨 일이 일어나고 있는지 모르는 눈치입니다."

-생각보다 일이 쉽게 풀리는군.

"예, 저희는 녀석들의 발목만 잡고 있으면 손도 안 대고 코를 풀 수 있습니다."

-뮬딘 교 녀석들이 일을 잘 끝내준다면 말이지.

수정구를 통해 자신의 군대를 쳐다보던 쟈오 린이 중얼거렸다.

-연결책이 골리앗과 스팅, 그 머저리들이라서 걱정되는군.

"큰 걱정하지 마십시오. 용주(龍主)께서 심려하시는 일은 일어나지 않을 겁니다. 벌써 라시온 북부의 영지 십수 개를 손에 넣었다는 소식이 들려왔잖습니까."

-그건 그렇지만.

용주는 마스터인 쟈오 린을 높여 부를 때 사용하는 말이었다.

-만약 이번 작전이 성공하면, 최대 수혜자는 골리앗도, 스팅도, 심지어 뮬딘도 아닌 우리 흑룡이 될 것이다.

"흐흐…… 그야 물론이지요."

쿤 팽이 이를 드러내며 웃었다.

만약 뮬딘 교의 군대가 이번 기회에 라시온 왕국의 북부를 회생 불가 상태로 만들어 준다면?

그 최대 수혜자는 다름아닌 알데바란 왕국이 될 것이다.

-일이 거기까지만 진행된다면, 내가 직접 알데바란의 국왕을 설득할 것이다.

도둑질을 쉽게 할 수 없는 이유는 집집마다 문을 굳게 잠가놓기 때문이다. 헌데 그 문이 버젓이 열려 있고, 집을 지키는 개마저 없다면?

-소심한 알데바란의 국왕이라고 해도, 출정을 막을 수는 없겠지. 애초에 내가 그렇게 두지 않을 것이다. 평소에 NPC 귀족 놈들에게 뇌물을 먹인 이유이기도 하고.

쟈오 린은 벌써부터 즐거운 상상을 펼쳤다.

-라시온의 북부만 뚫리면 리버티아. 그 영지를 손에 넣는 것은 쉬운 일이다.

"물론이지요. 카이 녀석이 강하다고 해도 고작 한 명, 아니, 심지어 언데드 군단을 부린다고 해도 저희를 이길 수는 없습니다."

-그것이 개인과 단체의 차이다. 물론 녀석은 강하겠지. 어쩌면 수백, 수천 명의 길드원이 놈에게 죽을지도 모른다.

하나 상관없다.

쟈오 린이 입가에 미소를 지으며 압도적인 자신감을 드러냈다.

-하지만 수만, 수십만의 공세를 혼자서 막을 수는 없다.

"물론입니다. 그건 녀석이 여포 봉선의 환생이라고 해도 불가능한 일입니다."

홀짝.

찻잔을 기울인 쟈오 린이 눈을 스르륵 감으며 리버티아를 떠올렸다.

-리버티아는 굉장한 전략적 요충지다. 물론 지금은 돼지 목에 진주 목걸이가 걸린 격이지만.

쟈오 린은 카이의 무능함을 비웃었다.

'멍청한 녀석, 보물이 있어도 사용할 줄을 모르다니.'

그는 리버티아에 엘프와 인어들이 거주한다는 것을 알게 된 순간부터 다짐했다.

'미드 온라인은 NPC들의 힘이 강대한 세계. 강해지려면 그들을 등에 업어야 한다.'

그리고 탐욕스러운 권력자들은 미남, 미녀를 좋아하면 좋아했지 싫어하지는 않는다.

'그들을 고위 귀족에게는 판매하기만 해도 천문학적인 돈을 벌어들일 수 있다. 심지어 수많은 고위 귀족들의 연락처를 챙길 수 있고, 동시에 그들의 치부도 하나 쥐게 되는 셈이지.'

생각만 들어도 짜릿한 계획이다.

헌데 카이는 그런 보물들을 데리고 한다는 것이 고작 연극이나 노래, 춤이다.

'멍청한 녀석.'

쟈오 린은 코웃음을 치며 쿤 팽에게 명령했다.

-그럼 주기적으로 보고를…… 마침 골리앗 녀석에게 연락이 하나 더 왔군.

"녀석이 뭐라고 합니까?"

-뮬딘 교의 본대는 바로 국경선 쪽으로 간다더군. 제2부대는 시리스 협곡에 진입했다.

"시리스 협곡이라…… 그곳을 뺏기면 라시온 쪽에서 속이 좀 쓰리겠군요."

두 사람은 서로를 보며 웃었다.

완전무장을 마친 5만 명의 암흑 기사와 마법사들 사이에서, 눈에 띄는 것이 하나 있었다.

바로 고급스러운 마차였다. 품종이 좋은 명마가 이끄는 마차는 바퀴부터 시작해서 내부의 쿠션까지 고급이 아닌 것이 없었다.

"순조롭군."

그 안에 타고 있는 것은 다름 아닌 메디프 백작이었다. 그는 뮬딘 교와 손을 잡고, '더 퓨어'라는 사교 클럽 회원들을 포섭한 프로 매국노였다. 반대쪽 좌석에 타고 있던 그의 아들은 살짝 두려운 표정을 짓고 있었다.

"그런데 아버지…… 정말 괜찮겠죠? 혹시라도 잘못되면 저희는 다 반역죄로……."

"쯧쯧쯧."

메디프 백작이 혀를 차며 아들을 한심하게 바라봤다.

"이렇게나 상황을 파악하는 눈이 부족해서야. 자식 농사는 대실패로군."

"죄, 죄송합니다."

"후우."

깊은 한숨을 내쉰 메디프 백작이 현재의 상황을 쉽게 풀어서 설명해 주었다.

이야기를 모두 들은 그의 아들도 안색이 확 밝아졌다.

"아……! 그러면 저희는 북부만 궤멸시키면 되는 거군요! 뒤는 알데바란 왕국 쪽에서 알아서 해줄 테니까요."

"뭐, 그것도 쉬운 일은 아니겠지. 물딘 교는 대륙의 공적이고, 우리는 그들의 스파이 노릇을 하던 자들이었으니 알데바란 쪽에서도 우리를 반기지는 않겠지."

"그, 그럼 어떡하죠?"

"훗. 바로 이런 때를 대비하여 타국의 귀족, 왕족들과 그렇게 꾸준히 교류를 하며 친분을 다진 것이다. 명심해라. 평소에 베푼 금화 하나의 무게만큼 네가 흘릴 피의 양은 줄어든다."

"오, 오오…… 굉장한 명언이십니다."

메디프 백작의 말에 아들이 감탄했다.

"자고로 순수 혈통의 귀족이라면 이 정도 인맥은 항시 지니고 있어야 하는 법이지."

흡족한 표정으로 마차에 달린 창문을 내린 메디프 백작이 앞쪽을 쳐다봤다.

"시리스 협곡에 들어섰구나. 그야말로 천혜의 요새이지. 우리는 저곳을 점령한 뒤 휴식을 취하라는 명령이다. 아마 본대가 국경선을 정리하고 돌아오면, 저곳을 중심으로 라시온과 한 판 붙어보겠다는 계획이겠지."

시리스 협곡은 50미터 정도의 폭을 지닌 거대한 협곡 지대였는데, 양쪽으로는 가파른 절벽이 30미터가 넘게 솟아올라 있었다. 수성 측이 작정하고 방어에 전념하면 열 배가 넘는 군사를 상대로도 버틸 수 있는 곳이었다.

하지만 메디프 백작은 큰 걱정을 하지 않았다. 암흑 기사와 마법사들이 보여준 전투력은 말 그대로 타의 추종을 불허했으니까. 성 하나를 점령하는데 15분이 채 안 걸리는 것을 보았을 때는, 온몸에 전율마저 일어났다.

"들어가서 푹 쉬면 되겠군."

창문을 닫은 메디프 백작은 푹신한 좌석에 몸을 묻고는 눈을 감았다. 최고급 마차에 타고 있다지만, 장시간 동안 군대와 함께 이동하니 심신이 지쳤기 때문이다.

'평소 때였다면 지금쯤 영지에서 시중을 받으며 목욕을 하고 있을 시간이거늘.'

메디프 백작이 성채를 빠르게 점령하고 뜨거운 물에 몸을 담글 생각을 하고 있을 때 바깥쪽에서 웅성거리는 소란이 감지되었다. 이어서 누군가가 마차의 창문을 두드렸다.

"무슨 일이냐."

"백작님! 함정입니다."

"……뭐?"

난데없이 함정이라니?

"협곡의 위쪽에…… 커억!"

푹!

말을 하던 기사는 자신의 목에 박힌 화살을 더듬더니 픽하고 쓰러졌다.

"이, 이게 무슨……!"

당황한 메디프 백작이 창문을 통해 바깥을 쳐다봤다. 협곡의 위쪽에는 상당수의 병력이 매복해 있는 상태였다.

'어디서 저런 병력이?'

척 보기에도 5천이 넘어가는 인원은 하급 병졸들이 아니었다. 모두 마법사와 궁수로 이루어진 제대로 된 고급 병사들이다.

"젠장…… 모두 후퇴해라!"

메디프 백작이 고래고래 소리를 질렀다.

'그나마 다행이라면 다행이군. 협곡의 폭이 넓어서.'

사실 시리스 협곡은 매복하기에 적당한 장소는 아니었다. 협곡으로 들어서는 입구가 굉장히 넓어서, 5만 명 정도는 눈 깜짝할 사이에 도망갈 수 있기 때문이었다. 애초에 물던 교도 혹시 모를 매복까지 계산해서 딱 5만의 군대를 메디프에게 맡겨놓았다.

'놈들이 위에서 무슨 마법을 준비해 놨던, 무사히 도망은 칠 수 있다.'

성채를 점령하지 못한 것에 짜증이 솟구쳤지만, 군대를 보존하는 것이 더 중요했다.

'이들이 모두 죽는다면 나도 뮬딘 교의 손에 죽겠지.'

그들의 무서움을 누구보다 잘 알고 있는 메디프 백작이 몸을 부르르 떨었다.

그때였다.

콰아아아아아아아앙!

고막이 터져 버릴 것 같은 굉음이 터지자 병사들이 일제히 비명을 내질렀다.

"뭐, 뭐냐. 무슨 일이 일어난 것이냐!"

"아, 아버지…… 밖에 무슨 일이 생겼나 봅니다!

메디프 백작은 발만 동동 구르는 멍청한 아들을 내버려 둔 채, 창문으로 손을 뻗어 기사의 멱살을 쥐었다.

"무슨 일이냐니까!"

"이, 입구에 몬스터가 나타났습니다. 그런데 너무 거대합니다! 퇴로가 막혀 후퇴할 수 없습니다!"

"뭐?"

마차 내부에서는 뒤쪽이 보이지 않는 구조였기에, 메디프 백작은 서둘러 마차의 문을 열었다. 내리는 것과 동시에 협곡의 입구를 꽉 채우고 있는 거대한 괴물이 시야를 가득 채웠다.

"저, 저게 대체 뭐란 말이냐."

순백의 비늘을 달고 있는 거대한 존재는 뱀과 비슷한 형체를 지니고 있었다. 하지만 그것은 단순히 뱀이라고 지칭하기에는, 뿜어내고 있는 기운이 너무나 강대했다.

"으음……!"

메디프 백작은 순간 고민했다.

'방법은 두 가지, 성채를 뚫거나, 몬스터를 죽이거나.'

결론을 빨리 나왔다. 언덕 위에 매복한 적들을 무시하고 성문을 뚫는 것은 불가능에 가까웠으니까.

하지만 눈앞의 몬스터 하나를 쓰러뜨리는 건 상대적으로 쉬워 보였다.

"암흑 마법사들은 방어막을 펼쳐 협곡 위에서 쏟아지는 공격들을 막아내라! 암흑 기사들은 저 몬스터를 공격해서 길을 뚫어!"

썩어도 준치라고, 고등 교육을 받은 메디프 백작은 적절한 명령을 내리며 군대를 지휘했다.

크라아아아악!

"됐어, 통한다! 놈을 빨리 죽여!"

괴물은 공격을 받자 고통스러워했다. 그 모습을 보고 힘을 낸 뮬딘 교의 군대가 분전하기 시작했다.

'조금만 더 공격하면 쓰러뜨릴 수 있다.'

메디프 백작은 언덕 위를 노려보며 이를 갈았다.

'이 치욕은 본대와 합류해서 하인드 백작 쪽을 마무리한 뒤, 돌아와서 갚아주마.'

그러던 차에, 메디프 백작의 눈이 누군가와 딱 마주쳤다.

"아니…… 저, 저놈이 어떻게 여기에……?"

그것은 불과 하루 전, 자신에게 일생일대의 모욕을 안겨준 모험가였다.

"카이이이이이이이!!"

메디프 백작의 고함을 무시한 카이는 입구를 막고 있는 할리를 쳐다보았다.

'햇살의 따스함으로 계속 치료를 하고 있지만, 치료량이 누적되는 대미지를 못 따라가.'

그도 그럴 것이, 수만 명의 적들이 할리를 공격하고 있는 상황이었다.

카이는 할리를 유심히 관찰하더니, 녀석의 생명력이 딱 10%가 되는 순간. 손가락을 튕겼다.

"스킬, 석화 발동."

띠링!

[지정된 대상을 1분 동안 석화 상태로 만듭니다.]

[대상으로 '해룡 할리'가 지목되었습니다.]

[할리가 1분 동안 석화되며, 모든 종류의 공격에 면역이 됩니다.]

찌저저적!

할리의 거대한 신체가 빠르게 굳어가기 시작했다. 그러자 녀석을 미친 듯이 공격하던 암흑 기사들이 당황에 빠졌다.

카앙! 까앙!

"공격이 안 통한다……?"

"검이 부러질 정도의 방어력이라니!"

"마법사, 마법사!"

"마, 마법도 안 통합니다! 완전 면역 상태입니다!"

"이 무슨 말도 안 되는……?"

"메디프 백작님! 퇴로가 완전 차단되었습니다!"

돌이 된 할리는 이 세상 그 무엇보다 단단하고, 거대한 방벽이 되었다.

"앵글 좋고."

카이는 양손의 검지와 엄지를 이용해 카메라 모양을 만들며, 5만 대군을 그 안에 담았다. 물에 빠진 생쥐처럼 우왕좌왕하던 뮬딘 군이 엄청난 열기를 느끼며 고개를 든 것도 그때였다.

"헬 빠이야."

화르르륵.

카이의 머리 위로 네 개의 지옥 불이 떠올랐다.

퇴로를 차단당해 갈 곳을 잃어버린 뮬딘 군이 고를 수 있는 선택지는 단 하나뿐이었다.

"진형을 방어 형태로 바꿔라! 마법사들은 쉴드 마법을 사용해서 적들의 마법을 막아!"

바로 방어였다.

메디프 백작의 명령이 떨어지자 기사, 병사들은 검을 집어넣고 방패를 꺼내 머리를 보호했다.

콰와앙, 핏! 콰앙!

수백, 수천 개의 마법과 화살이 방패를 두드렸다.

"카이 님. 적들이 생각보다 너무 잘 버팁니다."

보고를 하던 시리스의 젊은 영주인 아덴이 아랫입술을 깨물었다. 지금 당장은 적들을 몰아붙이고 있다지만 이 현상이 영원히 지속되지는 않는다.

현재 시리스 협곡에 매복한 인원은 고작 5천. 적군이 퇴로를 뚫고 탈출해 버리면 아군은 추격에 나설 수가 없기 때문이다.

"저들이 본대와 합류를 해버리면 하인드 사령관님이 위험해질 겁니다. 저 방벽도 1분이 한계였던 걸로 기억합니다만."

"……그러게요. 생각보다 잘 버티네요."

카이는 바퀴벌레처럼 끈질기게 버티고 있는 뮬딘 군을 바라보며 중얼거렸다.

현재 그들은 병사와 기사 모두가 방패를 하나씩 들고 있었다.

"대체 왜 저렇게 방패병의 비율이 높은 건지……."

아덴의 혼잣말에 대한 답을 카이는 짐작할 수 있었다.

'저들의 역할이 이곳을 점령한 뒤, 본대가 돌아올 때까지 왕실군을 막는 것이기 때문이겠지.'

적들의 본대 쪽에는 방패병의 비율이 이렇게 비정상적으로 높지 않을 것이다. 오히려 기동성이 좋고, 검과 창을 잘 다루는 병사들 위주로 편성이 되어 있을 터.

'저들이 본대와 합류하면, 확실히 귀찮아져. 끝내야 해.'

복싱으로 따지자면 이제 상대는 코너에 몰려서 더 물러날 구석도 없는 상황이다.

'잽 가지고는 안 돼. 여기서 큰 걸 한 방 먹여야 되는데.'

자잘한 공격보다는 묵직한 스트레이트 한 방으로 적들을 그로기 상태에 빠뜨려야 했다.

'그렇다면…….'

카이는 허공에 두둥실 떠올려놓은 헬 파이어를 쳐다보며 잠시 고민했다.

'아직 사용해 보지 않은 절대영도를 제외하면, 내가 지닌 마법 스킬들 중에서 가장 강력한 게 헬 파이어야.'

단 네 개의 헬 파이어. 이것을 어떻게 사용하느냐에 따라 웃는 자와 우는 자가 갈려진다.

카이는 석화 상태의 지속 시간을 확인했다.

"45초."

시간이 없어도 너무 없었다. 앞으로 45초 뒤면 적들은 할리를 죽이고, 퇴로를 만들어 도망칠 것이 분명했다.

"쯧, 석화 시간의 지속 시간이 조금만 더 길었으면 좋았을……음?"

순간 적들을 내려다보던 카이가 고개를 갸웃거렸다.

아덴이 그를 재촉한 것도 그때였다.

"카이 백작님, 어서 지시를……! 이대로는 모두 놓쳐 버리고 맙니다!"

"……물리세요."

카이의 명령에 아덴이 눈을 깜빡였다.

"예, 예?"

"아군을 모두 뒤로 물리세요."

"……예!"

아덴은 모든 공격을 퍼부어 한 명이라도 더 죽여야 한다는 생각을 입 밖으로 내뱉지 않았다.

'카이 백작님이 따로 계획하신 작전이 있으시겠지.'

전쟁에서 상명하복은 절대적이다. 게다가 현재 카이는 베오르크 국왕에게 이번 작전의 전권을 위임받은 상태. 심지어 스스로도 굉장한 무용담들을 쌓으며 백작의 자리에까지 올라선

입지전적의 인물이다.

아덴은 단 1초도 고민하지 않고 그의 명령에 따랐다.

"전군 공격 중지! 모두 협곡에서 물러나라!"

뿌우우웅-!

전투 중단을 알리는 뿔나팔 소리가 협곡을 가득 메웠고, 쉼 없이 들려오던 굉음이 멎어 들었다.

카이의 지휘 아래에서 라시온 왕국의 병사들은 천천히 뒤로 물러나며 협곡에서 멀어졌다.

"14초."

할리의 석화 시간이 제법 얼마 남지 않았을 때, 카이는 아군이 충분히 안전한 위치까지 물러났다는 것을 확인했다. 동시에 손을 뒤집어 네 개의 헬파이어를 모두 하늘 높이 올려보냈다.

"……대체 무슨 꿍꿍이지?"

메디프 백작은 줄곧 신경 쓰고 있던 거대한 불덩이가 하늘 높이 솟아오르자, 바짝 긴장했다.

'퇴로는 막혔다. 계속해서 공격했다면 우리는 꼼짝없이 죽을 목숨이었을 텐데…….'

석화 스킬에 지속 시간이 있다는 것을 알 리 없는 그는 침을 한 번 삼켰다.

그러기를 잠시, 그는 무언가를 생각해 내고는 고개를 끄덕였다.

'그렇군……. 이미 전투에서 이겼다고 생각하고, 귀족법에 따라 나를 생포할 셈인가.'

보통 전쟁에서 승리하면 패배한 귀족들을 생포해 돈을 받고 풀어주는 것이 암묵적인 규칙이었다. 거기까지 생각이 미친 메디프 백작의 안색이 살짝 밝아졌다.

'뮬딘교 측에서 내 몸값을 지불할지는 미지수지만…… 적어도 이곳이 내 무덤이 될 것 같지는 않군.'

그가 안심을 하는 순간. 하늘 높이 치솟았던 불덩이들 중 하나가 떨어지기 시작했다. 상식을 벗어난, 아득한 속도로.

"허, 허억……!"

"마법사들, 쉴드량 최대로!"

"방패를 들어! 피해를 최소화시켜라!"

콰아아앙!

거대한 폭음과 진동이 협곡을 뒤흔들었다.

하나 헬 파이어가 강타한 것은 뮬딘교의 군대가 아닌, 협곡이었다.

"비, 빗나갔다……."

"뮬딘께서 우리를 보살피신다!"

카이의 공격이 실패로 돌아가자, 뮬딘 군이 기뻐하며 저들의 신을 찾았다.

하지만 메디프 백작의 낯빛은 다시 흐려졌다.

'저놈 저거…… 일부러 우리를 노리지 않았다.'

그가 그렇게 생각한 이유는 간단했다. 협곡 위에 오연하게 서서 손가락만 까딱거리는 카이는, 오히려 고개를 끄덕이고 있었으니까.

그리고 그의 생각은 적중했다.

'스킬을 조합하면 대충 이 정도 파괴력인가.'

카이는 방금 전 결과를 떠올리며 고개를 끄덕였다.

미드 온라인에선 스킬을 어떻게 사용하느냐에 따라 다양한 효과를 낼 수 있다. 예를 들어 같은 장비, 스킬 숙련도, 스탯을 지닌 유저가 파이어볼을 사용한다고 가정했을 때.

단순히 코앞의 적을 공격하는 것과, 멀리 있는 적을 공격하는 것이 다르고. 급소를 공격하는 것과 급소가 아닌 곳을 공격하는 것이 다르다.

같은 조건이어도 운용법에 따라 더 큰 효과를 불러낼 수 있다는 소리였다.

그리고 카이는 현재 그 조건을 실험하는 중이었다.

'이번엔 중력을 5배로 걸어볼까.'

손가락을 까딱이자, 구름 밑에서 대기 중이던 헬 파이어 하나가 그의 부름을 받고 낙하했다.

"중력장."

그 위로 중력장을 덧씌우자, 헬 파이어는 마치 엑셀을 한계까지 밟은 스포츠카처럼 가속했다.

콰아아아앙!

이번에는 아까보다 훨씬 더 거대한 진동과 굉음이 협곡을 뒤흔들었다.

카이의 공격은 이번에도 불발, 애꿎은 협곡을 두드렸다.

꿀꺽.

하지만 뮬딘 군의 병사들은 더 이상 뮬딘의 이름을 부르며 안도하지 않았다. 오히려 그들의 얼굴 위에는 누가 봐도 공포라고 느낄 만한 표정이 떠오르기 시작했다.

폭음으로 인해 멍해진 귀, 흔들리는 반고리관 때문에 몸의 중심을 잡기조차 버겁다.

엎친 데 덮친 격으로.

드, 드드, 드!!

온몸에서 느껴지는 엄청난 진동은 그들의 심리를 불안정하게 만들었다. 그 모습을 하나부터 열까지 모두 지켜보던 카이는, 마침내 세 번째 지옥불에게 명령했다.

"거기에 중력장, 여덟 배로."

쏴아아아아아.

마치 밑 빠진 독에서 물이 새는 것처럼, 마나가 술술 빠져나간다. 고작 네 개의 헬파이어를 소환하고, 중력장을 세 번 걸었을 뿐인데 마나의 절반이 사라졌다.

하나 그만한 투자를 감행할 정도의 가치는 있었다. 아니, 오히려 차고 넘쳤다.

짜-아아아아아앙!

정확히 세 번. 카이는 협곡의 같은 장소에, 같은 스킬로, 말도 안 되는 대미지를 누적시켰다. 그 결과, 충격량을 견디지 못한 협곡의 끝자락이 무너지기 시작했다.

"무, 무너진다!"

"피해!"

"피, 피할 곳이 없어!"

뮬딘 군의 5만 군세.

그 거대한 머릿수가 오히려 독이 되었다. 협곡 아래에서 우왕좌왕하던 뮬딘 군의 병력들은 빗방울처럼 떨어지는 바위에 무참히 깔리며 비명을 내질렀다.

"0초."

크롸아아아아아!

동시에 지속 시간이 끝난 할리가 석화 상태에서 풀려났다.

하나 뮬딘 군은 도망을 칠 수 없었다.

"퇴, 퇴로가……!"

협곡의 한쪽이 무너지면서 떨어진 바위들은, 할리의 뒤를 이어 새로운 방벽이 되었으니까. 심지어 그 바위들은 할리의 거대한 몸뚱이를 가려주는 방패막이 역할까지 해주었다.

"전군, 위치로."

카이가 손을 들며 명령하자, 멍한 표정을 짓고 있던 아덴이 눈을 빛내며 목청을 높였다.

"전군! 위치로!"

뿌우부우우우-!

뿔나팔이 울리자, 5천의 마법사와 궁수들은 협곡 아래를 향해 온갖 스킬을 퍼부었다.

두두두두두두.

대군이 초원을 가로지르고 있었다.

그 수만 무려 10만. 게다가 전원이 기마병으로 이루어진, 극한의 기동성을 자랑하는 군대였다.

"알데바란 쪽에서의 연락은?"

뮬딘 교의 이단심판관 중 하나인 크롬이었다. 그는 10만의 군대를 지휘하기 위해 특별히 본단에서 파견된 상태였다.

"블랙드래곤의 전언에 의하면 하인드 백작을 비롯한 귀족들은 여전히 국경선에 있다고 합니다. 그게 불과 15분 전이었으니 아직 성안에 있을 겁니다."

"뒤를 잡은 건 확실하군."

크롬이 무표정한 얼굴로 고개를 끄덕였다.

'지금쯤이면 시리스 점령전이 한창 진행 중일 터, 어쩌면 벌써 점령했을지도 모르겠어.'

길었다. 정말이지 긴 세월이었다.

수백 년. 크롬의 아버지와 할아버지, 증조 할아버지……

그의 가문은 혈족 대대로 뮬딘 교를 따른 신도들이었다. 조상님들은 수백 년이 넘는 시간 동안 지하에 숨어지내며 오늘 같은 날만을 기다려왔다.

'그러니 보여주겠다. 우리가 지난 수백 년간 모은 힘과 각오를. 더러운 대륙의 애송이들. 이번에는 다를 거다.'

그들은 단일 세력으로는 본교를 감당할 용기조차 없는 겁쟁이들이다.

'조상님들께서는 실패하셨지만, 이번에는 우리의 준비도 완벽하지.'

이미 모든 왕국과 제국, 상단에 세작을 심어놓았다. 사실 메디프 백작이 들키지만 않았다면, 이 전쟁도 시간이 더 흐른 뒤에야 일어났을 것이다.

하지만 크롬은 오히려 그의 멍청함을 환영했다.

'어차피 본교의 준비는 완벽하다. 이 기회에 대륙 놈들에게 본때를 보여주지.'

우드득!

크롬이 쥐고 있던 고삐를 더욱 힘차게 흔들었다. 그러자 어둠의 정수를 품은 그의 전투마가 거친 투레질을 하며 초원을 내달렸다.

"……음?"

라시온의 국경선이자, 자국을 보호하는 최후의 성채.

허스트 성에 도착한 크롬이 천천히 속도를 늦췄다.

'뭔가 이상하군.'

태어날 때부터 퓰딘교의 전투 기계로 육성된 그의 오감이 외쳤다.

저 성은 뭔가 이상하다고.

'너무 조용하다. 5만 명이 주둔하고 있는 성인데, 저토록 조용하다니?'

그곳은 마치 유령의 성처럼 조용했다. 그때 크롬의 시선이 성채 위쪽으로 향했다.

"……하인드 백작."

그 위에 서 있는 것은 분명 하인드 백작이었다. 그리고 그 옆으로는 그를 따르는 북부의 귀족들도 함께 있었다.

다만, 성채 위로 보이는 병사들은 기껏해야 백 명 남짓.

'이거, 확실히 뭔가가 잘못됐…….'

이상한 낌새를 느낀 크롬이 미간을 좁히는 순간.

두두두두.

말발굽 소리가 울리기 시작했다.

한 곳, 두 곳, 세 곳…… 무려 세 방향에서.

예로부터 수많은 명장들에게 사랑을 받은 전술 중 하나가 바로 포위진이다. 포위진이 가지는 의의는 간단명료했다.

아무도 살려 보내지 않는 것!

그것이 포위진이라는 전술이 세상에 나타난 의의였다. 물론 위력적인 만큼 활용하기 어려운 전술이고, 때문에 까다로운 전제 조건을 지니고 있었다.

우선 기본적으로 아군의 숫자가 적보다는 많아야 할 것.

그것이 포위진의 기본 조건 중 하나였다.

병력이 충분하지 못한 상태에서 적을 억지로 둘러싸 봤자, 각개격파를 당할 뿐이니까.

두 번째는 병사들의 수준이었다. 특히 그것은 미드 온라인에서는 더욱더 신경 써야 하는 부분이기도 했다.

1만 명의 병사로 1천의 기사를 둘러싼다?

그건 아무런 의미도 갖지 못하는 무식한 행위였다.

세 번째는 병사들의 합이다. 기본적으로 포위진은 한 번 자리를 잡는다고 완성되는 것이 아니다.

상대방이 어떻게 움직이느냐에 따라 서로 유기적으로 움직이며 계속 변화를 줘야 한다. 당연히 병사와 그들을 지휘하는 자들의 손발이 맞아야 박수 소리가 나는 고난이도 전술이다.

마지막으로 중요한 것은 다름 아닌 기동력.

적들이 빈틈을 찾아 도망치려고 해도, 이를 놓치지 않을 정도로 재빠른 기동력이 요구된다. 그것은 뮬딘 교의 이단심판관인 크롬도 잘 알고 있는 사실들이었다.

그랬기에 그는 황당한 감정을 넘어, 당황한 감정을 느낄 정도였다.

'……이건 대체 뭘 하자는 거지?'

크롬은 고개를 돌려 본대를 품(品)자 형태로 포위한 라시온군을 쳐다보았다.

인원 수는 대략 5만가량. 1만 5천, 1만 5천. 2만으로 나누어져 있는 군대였다.

'하인드 백작의 5만 군대가 바로 저들이군.'

하지만 꽁꽁 숨어 있어도 모자랄 판에, 매복을 하고 있다?

크롬이 고개를 절레절레 흔들었다.

"……굶어 죽기는 싫으니, 싸우다 죽겠다는 건가."

그의 눈에는 적들이 전장에서 죽기 위해 나온 것처럼 보였다. 그도 그럴 것이 병사들의 수준이나 기동력은 제쳐두더라도, 숫자는 이쪽이 압도적이었으니까.

'실망이군. 하인드 백작이라면 라시온의 북부 사령관으로, 제국조차 애를 먹는 명장이라고 들었는데……'

하지만 그의 얼굴에 떠오른 실망감은 순식간에 흩어졌다.

"뭐, 귀찮지 않아서 잘된 건가."

뮬딘의 이름을 거부하는 모든 적들을 쳐부숴 버리는 것.

그것이 크롬이 태어나면서부터 부여받은 사명이었다.

"전군, 무기를 들어라."

챙!

단 한 번의 소리가 평원의 공기를 베었다.

어둠의 정수를 품은 암흑 기사들은, 의식이 어느 정도 연결되어 있다.

'공포를 모르는 군대. 그야말로 뮬딘 님의 이름에 걸맞는 군대지.'

그리고 그들을 관리하는 것은 당연히 뮬딘 교의 고급 관리자들이었다. 오늘 같은 경우는 크롬이 그 영광스러운 역할을 맡게 되었다.

"삶은 포기한 개들에게 인사 따위는 필요 없겠지."

짧게 중얼거린 크롬이 투구 가리개를 내렸다. 그의 좁아진 시야로, 자신들을 포위하는 머저리들이 보였다.

크롬은 자신의 무기를 높이 들어 올리며 고삐를 힘차게 휘둘렀다.

"뮬딘 님의 이름으로!"

평원을 새카맣게 물든 대군이 정면 2만의 군대를 향해 돌진했다.

두두두두두.

"사령관님, 다시 한번 말하지만 이 작전은……."

"믿어라."

계속해서 이어지는 귀족들의 충언에도 불구하고, 하인드 백작은 느긋한 표정을 짓고 있었다. 그의 시야에는 성을 향해 돌진하는 10만의 대군이 들어왔다.

허나 하인드 백작은 한 치의 의심도 없는, 올곧은 눈으로 그들을 내려보았다.

"카이 백작은 허언을 일삼는 이가 아니다. 믿어도 좋다."

"하지만 약속 시간이 지났습니다. 아무래도 시리스 성채에 변고가 생긴 것이……."

"그것이 사실이라면 이건 자살 행위나 다름없습니다. 지금 당장 성문을 개방하여 군을 불러들여야 합니다."

"이미 포위진은 완성되었다. 물릴 수는 없어."

부드러운 말투로 귀족들을 다독인 하인드 백작이 허허 웃었다.

"10만이라…… 허허, 많기도 하지."

이 나라에 뮬딘 교의 잔당들이 저토록 많이 숨어 있었던가.

자신은 저런 자들을 보호하고자 북부를 그토록 열심히 막았던 것이 아니었다. 하인드 백작은 그 사실을 떠올릴수록 기분이 나빠졌다.

"……생각하면 할수록 괘씸한지고."

눈빛이 점점 차갑게 가라앉은 하인드 백작이 시선을 평원에 고정한 채 입을 열었다.

"모든 통신 마법이 사용 불가 상태라고 했나?"

"예. 알 수 없는 무언가가 마나의 흐름을 틀어놓고 있습니다. 아마 뮬딘 교의 사술이라고 판단되며, 현재 통신 마법과 텔레포트 모두 사용 불가인 상태입니다."

"흐음. 카이 백작은 알면 알수록 신기한 모험가로군."

이런 상황임에도 불구하고, 그는 여유롭게 왕도와 북부 사이를 오고 가는 신통한 재주를 지니고 있었다.

"헌데 카이 백작이 돌아오면 정말 판이 뒤집힐까요?"

"그렇게 큰소리를 쳐냈으니 믿는 바가 있으시겠지."

"아무래도 지원군을 불러온다는 소리 아니겠소?"

"으음, 지원군이라…… 불러온다고 하더라도, 과연 몇 명이나 불러올런지."

귀족들이 심각한 표정으로 열띤 토론을 벌였다.

그들의 대화에 참여하지 않고 우두커니 평원을 바라보던 하인드 백작이 입을 열었다.

"조용히."

그 한 마디에 합죽이가 된 귀족들은 하인드 백작을 따라 평원을 바라보았다.

"……격돌이군요."

귀족들은 곧 부딪칠 두 군대의 전투를 똑똑히 목격하고자, 눈을 부릅떴다.

이단심판관 크롬은 특이하게도 검이나 메이스가 아닌, 낫을 주무기로 삼는 자였다. 그것도 날이 양쪽으로 돋아난 것이 특징인 거대한 낫이었다.

낫이라는 무기가 가지고 있는 기본적인 이미지는 날카롭다는 것이 전부. 하지만 그는 낫을 마치 대검처럼 사용하는 이였다.

그의 거력이 담긴 낫은 상대방의 검과 방패는 물론, 갑옷까지 잘라내기로 유명했다.

"진정한 신의 말씀을 거부하는 우매한 자들이여, 죽음으로 사죄하라!"

마치 양 떼에게 달려드는 호랑이처럼, 크롬은 홀로 돌진하며 군대에게 달려들었다.

그가 뿜어내는 광포한 기세를 코앞에 둔 2만 명의 가슴이

철렁 가라앉았을 정도였다.

'전쟁은 사기로 시작해 사기로 끝난다.'

크롬의 눈이 붉게 물들었다.

첫 격돌. 그것은 전쟁에서 양측 군대의 사기를 결정짓는 가장 중요한 이벤트 중 하나였다. 때문에 자신이 직접 나선 것이었다.

자신의 낫은, 그 무엇이 가로막든 모두 갈라버리고 적들의 목을 벨 수 있었으니까.

"흐랴아아아압!"

그가 잔뜩 움츠러든 하인드 백작의 군대로 뛰어들기 직전.

갑자기 그의 앞에서 사람 두 명이 툭 튀어나왔다.

"어엇……!"

고라니를 목격한 운전자의 심정이 이러할까.

그 말도 안 되는 현상에 크롬의 두 눈이 크게 뜨여졌다.

현재 라시온의 북부 전체에선 텔레포트를 사용할 수도, 다른 곳에서 올 수도 없다.

그런데 갑자기 사람이 튀어나오다니?

크롬의 눈이 그들을 빠르게 훑었다. 각각 순백의 사제복과, 청색의 비늘 갑주를 입고 있는 이들이었다.

물론 크롬은 그들을 굳이 피해갈 생각을 하지 않았다. 그의 길은 패도, 앞을 가로막는 모든 것을 부수는 것에 있었으니까.

"재수도 없는 놈들. 원망은 하늘에 가서 하거라!"

크롬의 군마는 달리는 속도를 줄이지 않고 눈앞의 적들에게 달려들었다.

'쯧, 일격에 열 명 이상은 죽여 버리려고 했는데. 하는 수 없지.'

첫 격돌의 임팩트는 상당히 줄어들겠지만 우선은 두 명으로 만족할 수밖에.

크롬은 허리를 크게 비틀더니, 그 회전력이 담긴 낫을 그대로 휘둘렀다.

부아아아아아아앙!

낫에서는 마치 거대한 비행기가 지나가는 듯한 소리가 흘러나왔다.

"응?"

그 소리를 듣고서야 크롬의 존재를 의식한 순백의 사제는 옆에 있던 전사의 어깨를 두드렸다.

"블리자드. 저거 맡아."

"예, 마스터."

군마가 자신을 향해 달려오고 있었지만, 블리자드는 한 치의 망설임도 없이 마주 달려갔다.

그리고 거대한 낫이 자신의 목에 드리워지는 순간.

블리자드는 다리를 땅에 단단히 고정한 채, 입을 열었다.

"카운터."

이어서 상대방의 낫이 블리자드의 곡도를 두드렸다.

누가 봐도 블리자드가 저 멀리 튕겨 나가야 정상이었지만, 결과는 그 반대였다.

콰드드드득!

"커으…… 억?"

공격이 날아오는 것을 알고 맞는 것과, 불시에 맞는 것의 괴리감은 천지 차이. 크롬 역시 마찬가지였다.

상대방의 자세는 철저히 방어를 위한 자세. 헌데 공격과 동시에 명치 부근에서 엄청난 격통이 느껴졌다.

잠시지만 정신이 가출할 것 같은 아득한 충격과 동시에, 그와 군마는 나란히 뒤쪽으로 날아갔다.

쿠우우우우웅!

크롬은 엄청난 덩치를 자랑하는 군마의 아래에 그대로 깔려 버렸다.

"……"

연신 함성을 토해내던 양 측의 군대가 모두 꿀 먹은 벙어리처럼 입을 다물었다. 그도 그럴 것이 지금 쓰러진 이는 뮬딘 교를 이끄는 총대장이었으니까.

터벅, 터벅.

그 엄청난 일을 태연스럽게 해낸 블리자드는 곡도를 집어넣더니, 곧장 카이에게 걸어갔다.

"해치웠습니다, 마스터."

마치 화장실 청소를 하고 왔다고 보고하는 것처럼 무미건조한 목소리였다.

이에 대꾸해 주는 카이의 목소리도 상당히 심드렁했다.

"응, 수고했네. 그런데 저거 안 죽었는데?"

"예?"

고개를 돌린 블리자드는 군마 아래에서 꿈틀대는 적을 확인하며 작게 감탄했다.

"보기보다 터프한 놈이군요. 끝난 줄 알았습니다만."

"그러게. 혹시 뮬딘 군에서 한가락 하는 녀석 아닐까?"

"글쎄요. 저 녀석이 말입니까?"

크롬은 자신을 두고 두런두런 얘기를 나누는 두 사람의 대화에 화가 머리끝까지 차올랐다.

'가, 감히…… 뮬딘 교의 이단심판관인 나 크롬을 상대로 저딴 망발을 지껄여?'

콰드드드득!

도움도 안 되는 애마의 목을 비틀어 버린 크롬은 제 몸 위에 늘어지는 녀석을 옆으로 휙 던져 버렸다. 군마 중에서도 좋은 품종만을 교배시킨 말이었고, 말 주제에 풀 플레이트 메일을 장비하고 있다. 심지어 어둠의 정수를 품어 덩치가 더 커져 있던 군마는 약 1,000kg. 1톤에 육박하는 무게였다.

그토록 무거운 군마를 한 손으로 던져 버린 크롬은 이를 갈며 자리에서 일어났다.

"웬 놈들…… 잠깐, 네놈은?"

순백의 사제복에 더해 익숙한 얼굴.

크롬은 그제야 카이를 알아봤다.

"카이! 더러운 잡신의 사제 놈이군!"

깜짝 놀란 카이는 고개를 들어 하늘의 눈치를 살폈다.

"……휴, 다행이다. 못 들으셨구나."

툭툭.

블리자드의 어깨를 두드린 카이가 크롬을 쳐다보며 빠르게
명령했다.

"저 녀석 저거 바로 처치해. 함부로 입 못 열게 만들어. 고운
말, 바른말만 들으셔야 한다고."

"알겠습니다."

"이것 참…… 알아서 내 앞에 나타나 주다니, 고마울 지경이군."

크롬은 땅에 떨어진 낫을 발로 차서 들어 올리는 것과 동시
에, 땅을 박차고 달려들었다.

교단의 주적인 카이의 목을 따면 주교의 신분으로 상승되
는 것은 따놓은 당상.

허나 이를 가로막는 존재가 있었다. 바로 조금 전, 기묘한 기
술로 자신을 날려 버린 청색의 기사였다.

물론 카운터 스킬의 쿨타임은 5분이었기에, 이번에는 블리

자드도 처음부터 맹공을 퍼부었다.

"네까짓 놈이 끼어들 자리가 아니다!"

후우우우웅!

거대한 덩치임에도 불구하고, 몸을 부드럽게 한 바퀴 돌린 크롬이 낫을 쏘아냈다. 낫의 끄트머리에는 뾰족한 날이 붙어 있어, 지금처럼 창으로 사용할 수도 있었다.

채앵!

가까스로 이를 막아낸 블리자드는 두 자루의 곡도와 꼬리를 활용해 싸우기 시작했다.

"흠."

블리자드와 이름 모를 엑스트라 하나가 싸우는 사이, 카이는 빠르게 전장을 훑었다.

'아군이 5만, 적군은 10만이겠지.'

두 배의 전력 차이. 자신의 신출귀몰은 몇 명의 사람과 함께 이동할 수는 있어도, 대규모의 군단을 옮기는 것은 불가능하다.

하지만 카이는 이 전투를 아주 팽팽하게 만들어줄 방법을 알고 있었다.

반짝!

카이의 왼쪽 약지. 그곳에 박혀 있던 반지 하나가 영롱한 빛을 뿜어내기 시작했다.

카이의 주변으로 흑색 안개가 드리워졌다. 반지, 나이트 오브 나이트메어의 효과였다.

물론 그 안개가 어떤 존재들을 소환할지는 불 보듯 뻔한 일
이었다.

덜그럭, 덜그럭!

딱딱딱!

턱뼈와 각종 관절을 삐걱거리며 소환된 50마리의 스켈레톤.
카이의 반지 하나가 더 빛나며 서임 스킬이 사용되었다.

그의 전매특허 중 하나인, 나오나 서임 콤보가 완성된 것이다.

순식간에 새로운 존재로 거듭난 듀라한들에게는 카이가 직
접 무기를 하사했다. 마치 휘하의 귀족들에게 영토를 하사하
는 왕처럼.

척, 척.

그렇게 50개의 레어, 유니크 무기의 분배가 끝나는 순간.

카이는 한 존재를 더 불러냈다.

"빛의 전사 소환. 데스몬드."

핏빛 회오리가 몰아치더니, 안색이 창백한 미남 하나가 평원
에 발을 내디뎠다.

-흐으음. 전장인가.

할리는 혹시 몰라 시리스 성채에 두고 왔기에 데스몬드만을
소환했다.

"어, 보다시피."

특유의 오만한 눈빛으로 전장을 둘러본 데스몬드는 이내 고개를 절레절레 흔들었다.

-포위진이로군. 하나…… 포위진의 기본 전제를 모두 무시하고 무리해서 짜놓은 모양새다. 지휘관의 역량 부족이군.

그러고는 한심한 눈빛으로 카이를 쳐다본다.

-네놈의 작품인가?

카이는 어깨를 한 번 으쓱거렸다.

"어, 보다시피?"

-소수로 다수를 포위하는 것만큼 멍청한 짓이 없지. 각개격파라도 당할 셈인가?

"지금부터 그 부분을 해결하려고."

-1분 1초가 중요한 전장에서는 치명적인 실수를 돌이킬 수 없는 방법이 없…….

"있어."

데스몬드의 잔소리를 끊은 카이의 반지 하나가 또 빛났다.

"천사들의 찬가."

반지가 미처 억누르지 못한 신성력이 폭발하듯 몰아치며 평원을 물들였다.

-에이, 진짜! 이런 건 미리 말이라도 좀 해라!

신성력을 질색하는 데스몬드는 어느새 저만치 떨어진 상태였다.

그러거나 말거나, 카이의 귓가로는 듣기 좋은 목소리가 들려왔다.

니~ 나니노~~ 니~ 나니노~~

천사들의 찬가를 사용하면 소환되는 천사들의 감미로운 노랫소리였다. 머리 위를 떠다니는 천사들은 문자 그대로 시선 강탈. 적아 구분 없이 모두가 멍하니 천사들을 바라보던 그때, 기다리던 알림이 떠올랐다.

[천사들이 낭송하는 찬가를 들었습니다.]
[받는 물리 대미지가 30% 감소합니다.]
[받는 마법 대미지가 30% 감소합니다.]
[모든 상태 이상 저항력이 40% 증가합니다.]

이터널 레전더리 등급의 아이템, 페트라가 지닌 스킬의 효과는 제대로 미쳤다. 그냥 미친 것도 아니고, 제대로 미쳤다고 하는 이유는 하나뿐이다.

"음? 이 기분은……."

"무언가 성스러운 힘이 나를 보호하고 있는 기분이 든다!"

"오오오, 태양신께서 우리를 보살피신다!"

이 스킬은 찬가를 들은 모든 아군에게 효과가 적용되기 때문이다. 그건 아군 NPC까지 포함한다는 뜻이었다.

이미 비르 평야전 때 경험한 바 있었기에, 카이는 이 부분에 선 크게 감동을 받지 않았다.

-크, 크흠. 이 정도라면…… 그럭저럭 균형은 맞춰진 꼴이로군.

신성력을 끔찍이 싫어하는 데스몬드조차 이 힘만큼은 인정하지 않을 수 없었다.

하나 카이는 피식 웃으며 그를 놀렸다.

"왜 이래? 아직 안 끝났는데?"

……뭐?

"다른 사람은 몰라도, 네가 이걸 모르면 안 되지."

카이는 멍청하게 눈만 깜빡거리는 데스몬드를 보며 또박또박하게 단어 하나를 뱉어냈다.

"군단의 심장."

[군단의 심장이 사용되었습니다.]
[소환수의 공격력, 방어력, 생명력이 30% 증가합니다.]
[소환수의 모든 스탯이 15% 상승합니다.]

……뭐냐. 이 사기적인 힘은.

데스몬드는 전신에서 끓어넘치는 힘을 느끼며 떨리는 목소리로 질문했다.

"에이, 알면서."

카이의 능청스러운 대꾸에 데스몬드는 자신의 주먹을 쥐었다 펴기를 반복했다.

-그렇군. 나의 왕국을 멸망시켰던 그 힘인가.

"야, 멸망 안 시켰거든? 브룩하임 엄청 멀쩡하고, 지금 유저들한테 인기 엄청 많아."

데스몬드의 말을 정정한 카이는 오른손을 앞으로 뻗었다.

그곳은 정확히 뮬딘 군의 본대가 위치한 방향이었다.

'아군의 인원이 부족한 것을 알고도 무리해서 이 작전을 짠 이유는 두 가지.'

하나는 자신의 사기적인 버프 능력과 군단을 믿었기 때문이다. 특히 버프도 버프지만, 카이는 듀라한 군단을 맹신했다.

'이 녀석들을 이길 수 있는 군대? 글쎄. 제국의 기사단 정도는 되어야 하지 않을까.'

칠흑의 해역에서 할리와 전투를 끝냈을 때, 카이의 레벨은 474였다.

그동안 긴 휴식기를 가지며 영지 관리에 집중하던 그는 불과 몇 시간 전. 5만 명이나 되는 뮬딘 군을 처치하며 간만에 레벨을 올리게 되었다.

그렇게 완성된 것이 지금의 듀라한.

[듀라한 LV. 506]

무려 레벨만 500이 넘어가는, 하나하나가? 네임드 보스에 걸맞은 최강의 군대였다.

듀라한들은 소환자의 레벨에 영향을 받는다. 즉, 현재 카이의 레벨도 500을 돌파했다는 소리이기도 했다.

'그리고 믿고 있던 두 번째.'

카이가 뻗었던 손에서 반지 하나에서 물방울이 툭툭 떨어지기 시작했다.

'상대방의 진형을 엉망으로 만들어 버릴 자신이 있으니까.'

마치 덜 잠근 수도꼭지처럼 물방울을 떨어뜨리던 반지는 푸른 빛을 뿜어냈다.

"수압포."

동시에 도합 15만 대군이 위치한 대평원을 일직선으로 가로지르는 강력한 물줄기가 발사되었다.

"크아아악!"

"무, 물 따위가 어떻게?"

"멍청이들! 압축된 물이다! 막을 생각하지 말고 무조건 피해! 흩어져!"

수압포는 방패로 막거나 마법으로 맞받아치는 행위는 통하지 않았다.

'이래 봬도 할리의 최강 공격 기술이라고.'

그 절대적인 믿음처럼, 수압포는 뮬딘 군의 진형을 정확히 반으로 갈랐다.

카이는 진형이 무너진 것을 확인하는 순간 소리쳤다.

"지금이다! 쓸어버려!"

듀라한들이 무기를 꺼내 들며 전장의 사신들처럼 적들에게 달려들었다.

그즈음, 수압포는 힘을 잃고 곧 끊어질 기미를 보였다.

'그래선 안 되지.'

적들의 진형은 지금 이대로 붕괴되어 있는 것이 아군에게 당연히 유리했다.

'처음이라서 잘 될런지는 모르겠지만……'

카이는 왼손을 수압포를 향해 뻗었다.

"절대영도."

쩌저저저적!

스킬을 사용하는 것과 동시에 수압포가 얼어붙으며 날카로운 얼음 가시를 뿜어냈다. 적들의 진형을 완전히 붕괴시키는 선이 완성된 순간이기도 했다.

고작 1초 남짓의 시간이었지만, 카이는 절대영도의 엄청난 힘을 확인할 수 있었다.

'위험한 스킬이네.'

만약 절대영도의 힘을 왼손에 집중시키지 않았다면, 아군까지 피해를 입었을지도 모른다.

카이는 이 스킬을 조금 더 연습해야겠다고 생각하며 전장을 주시했다.

천사들의 찬가로 방어력이 몰라볼 정도로 증가한 하인드 백작의 군대는 뮬딘 군을 상대로 잘 싸워주는 중이었다.

하나 그들은 이 전장의 엑스트라에 불과했다.

콰드드득! 콰아앙!

전장은 듀라한들의 독무대였으니까. 두려울 것이 없는 그들은 전진만을 거듭하며 앞을 가로막는 모든 적을 쓸어버렸다. 그들이 지나간 자리는 메뚜기 떼가 지나간 평야처럼, 한 명의 적도 남아 있지 않았다.

'흠, 듀라한들이 없는 쪽은 확실히 조금 불리하네.'

카이는 듀라한들에게 적들의 왼쪽 진형을 깨끗히 정리하라고 명령한 뒤, 데스몬드를 이끌고 오른쪽 진형으로 향했다.

"뮬딘 교를 믿지 않는 이단들! 죽어라!"

"너나 죽어."

카이는 하인드 백작군을 괴롭히는 적들 한가운데로 난입했다.

'성검 소환.'

우우웅!

자신의 신성력에 반응하는 성검을 쥔 순간, 카이의 검을 막을 적수는 없었다.

"뮬딘이 이름으로!"

"어, 그럼 난 헬릭의 이름으로."

카이는 가볍게 턱을 치켜들며 날아드는 검을 피하고, 그대로 팔을 휘둘렀다.

서걱!

암흑 기사 하나의 팔이 날아갔다.

'왼쪽.'

슬쩍 고개를 돌리자 날아드는 거대한 어둠의 불이 보였다.

'저게 뮬딘 교의 신성 마법인가?'

교단의 신성 마법사. 그들을 상대하는 건 처음이었지만 크게 어렵지는 않았다.

'검은 벌 녀석들을 한 번 상대하고 나니까, 확실히 원거리 주문 쓰는 애들은 상대하기 쉽네.'

처음부터 끝판왕을 깬 자의 여유라고나 할까.

카이는 쉴 새 없이 쏟아지는 무차별 폭격을 여유롭게 피해가며 그들에게 접근했다.

"이, 이이…… 괴물 같은! 다크 익스플로……!"

푸욱!

카이는 주문이 완성되기 전에 적의 목에 검을 박아넣었다.

끄르르륵.

거품 푸는 소리와 함께 캐스팅은 취소되었다.

"칼날 쇄도."

믹서기처럼 돌아가는 성검을 거칠게 빼어낸 카이는 다수의 기운을 느끼고는 몸을 돌렸다.

"허."

무려 셋이나 되는 암흑 기사들이 목숨을 던질 각오로 카이에게 달려드는 중이었다.

"오."

카이가 작게나마 감탄한 이유는 간단했다.

'이 녀석들, 네임드인데?'

각각 이름을 가지고 있는 암흑 기사들은 처음이었다. 게다가 다른 기사들보다 레벨도 높은 걸 보니, 뮬딘 교 본단에서 파견된 모양.

'재미있네.'

카이는 입꼬리를 말아 올리며, 검 손잡이를 꾹 잡은 채 이를 대각선으로 휘둘렀다.

화아아아아아악!

여명의 검법이 경지에 이르고 난 뒤 터득한 검풍.

치명적인 대미지를 줄 수는 없었지만, 지금처럼 적들을 밀어내거나 움직임을 흐트러뜨릴 때는 최고의 기술이었다.

"어엇!"

"크윽!"

뒤로 날아가며 바닥을 구른 암흑 기사 중 하나가 고개를 들었을 때, 그의 시야는 뾰족한 검극이 가득 채운 상태였다.

푸욱!

"끄아아아아아악!"

카이는 공격에 성공했다고 방심 따위는 하지 않았다. 실제로 동료가 당하든 말든, 남은 두 명의 네임드 기사들은 카이에게 달려드는 중이었으니까.

후욱!

몸을 뒤로 돌린 카이가 왼손을 앞으로 뻗으며 소리쳤다.

"푸른 역병!"

"뭣?"

"우웁!"

두 기사가 당황한 표정으로 호흡을 멈췄다.

하나 이미 늦었다.

'한 호흡. 딱 호흡 하나의 차이야.'

뮬던 교가 만들어낸 푸른 역병은 지능 스탯에 비례해 추가 대미지가 붙는 스킬이다.

현재 카이의 지능 스탯은 2,600이 넘는 상태. 그 어떤 독 스킬을 가져온다 하더라도, 푸른 역병 앞에서는 명함을 내밀 수 없을 것이다.

"크윽……."

"우읍."

얼굴이 검게 물들어가는 두 명의 네임드 암흑 기사.

카이는 그들이 더 이상 고통을 느끼지 않도록 도와주었다.

서걱! 서걱!

마치 양 떼에 난입한 호랑이, 아니, 그 이상의 무언가.

뮬딘 교의 암흑 기사들은 두려움을 모른다고 정평이 난 지독한 종자들이다.

하지만 전투 시작 30분이 지났을 때, 카이의 주변으로 접근하려는 적들은 단 한 명도 없었다.

'끝났네.'

땅으로 떨어진 적들의 사기가 눈에도 훤히 보였다. 아니나 다를까, 사기충천 상태인 하인드 백작군은 고함을 지르며 그들을 몰아붙였다.

"그나저나 블리자드 이 녀석, 엑스트라 하나 정리하는데 시간이 왜 이렇게 오래 걸려?"

빠르게 정리하고 합류할 줄 알았던 녀석이 아직까지 돌아오지 않는다.

"음?"

블리자드가 있는 장소로 이동한 카이가 눈살을 찌푸렸다.

'블리자드가 밀리고 있어?'

결투는 30분이 넘도록 승부가 나지 않은 상태였다. 게다가 중간에 블리자드에게 어마어마한 버프가 걸렸다는걸 감안하면, 상대방은 상상 이상으로 강력하다는 뜻이다.

"크으윽!"

날카로운 낫의 날에 어깻죽지를 길게 베인 블리자드가 뒤로 물러났다. 할리의 비늘로 이루어진 갑옷까지 베어버린 크롬은 입가에 묻은 피를 혀로 핥으며 말했다.

"그 잘난 기술을 한 번 더 써보지 그러냐."

카운터. 블리자드가 지닌 최고이 기술이자, 강자마저 이길 수 있게 만들어주는 스킬이다.

하지만 그 스킬의 존재를 알게 된 적에게는 효과가 급감하는 단점이 있었다. 왜냐하면 카운터 스킬을 발동할 때는 고유의 자세를 취해야 하니까.

"블리자드."

카이의 부름에 블리자드가 고개를 푹 숙였다.

그는 지독한 패배감과, 허무함을 느끼는 중이었다.

"죄송합니다, 마스터…… 마스터 곁에 서고자 그토록 노력했지만…… 전 이런 잡졸 하나 처리하지 못하는 신세입니다……."

"괜찮아, 괜찮아. 살다 보면 그럴 수 있어."

카이가 블리자드를 토닥이며 위로를 해주자, 이를 지켜보던 크롬이 버럭 화를 냈다.

"대체 아까부터 누구더러 잡졸이니, 엑스트라니 개소리를 해대는 것이냐!"

쿵, 쿵!

주먹으로 자신의 가슴을 힘차게 내려친 크롬이 당당하게 선언했다.

"내 이름은 크롬! 뮬딘 교의 이단심판관이며, 이번 전쟁의 총사령관을 맡은 존재다!"

"응? 네가?"

"알았다면 직접 덤벼라. 카이, 너의 목은 내가 직접……."

"뭐야, 그럼 너 잡으면 이 전쟁도 끝나는 거네."

오싹.

크롬은 등줄기로 스며드는 오싹한 기분을 느꼈다. 그 이유 중 하나는 시야에서 카이의 모습이 갑자기 사라졌기 때문이고, 다른 하나는 그의 목소리가 자신의 귓가에서 들려왔기 때문이다.

'대체 어느 틈에?'

크롬은 의문을 떠올리는 것과 동시에, 들고 있던 낫을 뒤쪽으로 휘둘렀다. 손끝에 걸리는 감각은 없었다.

'빠르다.'

그것을 깨닫는 순간, 크롬은 신형을 뒤로 물렸다. 빈틈을 노려 상대의 공격이 이어질 것이라는 판단 때문이었다.

하나 공격은 없었다.

"성격 급한 친구네."

피가 튀기고, 비명과 함성이 동시에 쩌렁쩌렁하게 울리는 전장과는 어울리지 않는 여유로운 목소리였다.

"왜 그렇게 바짝 얼어 있는 거지?"

카이는 딱딱한 안색의 크롬을 쳐다보며 고개를 갸웃거렸다.

"내가 얼어 있다고? 헛소……!"

욱하는 목소리로 말을 내뱉던 크롬이 돌연 입을 다물었다.

'마, 말도 안 된다.'

자신의 목소리가 사시나무처럼 흔들리고 있다는 사실을 알아차렸기 때문이다.

"괜찮아, 그럴 수 있어."

카이는 모든 것을 다 알고 있다는 표정으로 고개를 끄덕이며 크롬에게 천천히 다가갔다. 그리고 그 보폭에 맞춰, 크롬은 뒤로 물러서고 싶은 것을 필사적으로 참아냈다.

'이, 이 무슨 꼴이냐. 뮬딘 교의 이단심판관이!'

심지어 자신은 뮬딘 교에서 촉망받는 차세대 인재 중 하나. 기세만으로 자신을 압박할 수 있는 교에서도 몇 되지 않았다.

'아무래도 드래곤 피어의 영향을 받나 본데.'

카이는 비 오듯 땀을 흘리는 크롬을 쳐다보며 상황을 파악했다. 물론 그걸 알았다고 달라질 것은 없었다.

새애액!

휘둘러진 비정한 성검이 예기를 뿜어내며 공기를 절삭시켰다. 크롬은 자신에게 다가오는 신성력으로 가득 찬 검을 보며, 낫을 휘둘렀다.

하나 느리다. 몸은 천근처럼 무겁고 낫은 물 속을 유영하는 것처럼 느리게 뻗어나간다.

온 세상이 느려진 것만 같은데, 상대방의 검은 여전히 정상적인 속도를 지닌 채 자신에게 다가오고 있었다.

'아아⋯⋯.'

크롬의 세상이 암전(暗轉)되었다.

아버지와 어머니는 뮬딘 교도셨다. 할아버지와 할머니도, 외할아버지와 외할머니도 마찬가지였다. 그 뿌리가 어디인지 알 수 없는 조상의 대부터, 자신의 가문은 뮬딘 교를 믿어왔다.

그래서 자신은 태어날 때부터 종교가 정해져 있었다. 5살이 되자 부모님은 슬픈 표정으로 자신을 어딘가로 보내셨다.

바로 뮬딘 교의 훈련소였다. 5세의 아이를 받아, 18세까지 혹독한 훈련을 시키는 곳이었다. 그곳의 룰은 5세의 어린이도 이해할 수 있을 정도로 간단했다.

-꼭 천재일 필요는 없다. 하나, 둔재는 살아남을 수 없다.

매달 말일, 퓰딘 교가 마련한 시험을 통과하면 살아남을 수 있었다. 물론 통과하지 못하면 죽는다. 상대적 평가가 아니라 절대적 평가인 만큼, 모두가 뛰어나다면 한 명의 낙오자도 나오지 않는 시스템이었다.

그래서 아이들은 서로를 북돋우면서 열심히 노력했다.

그리고 대망의 첫 번째 시험의 날. 입소자 67,523명 중 841명의 아이가 죽었다.

그날 크롬은 엄청난 충격을 받았다. 몇 시간 전까지 자신과 함께 밥을 먹고, 서로를 응원해 주던 친구가 모두 죽어버렸다.

베개에 얼굴을 파묻고 울음을 터뜨리다가 구토하기를 반복했다. 그런다고 달라지는 것은 없었다. 둘째 달에 죽는 것이 자신이 아닐 것이라는 보장이 없었으니까.

그래서 크롬은 억지로 두려움을 밀어내고, 자신의 나약함을 떨쳐내기 위해 이를 악물었다. 살기 위해 검을 휘둘렀고, 살기 위해 퓰딘 교의 성경을 달달 외웠다.

말은 절대 평가였지만 수천의 아이들이 합숙을 하면서 생활하면 자연스럽게 서로 비교를 하게 되는 법. 크롬은 온갖 견제와 신경전이 펼쳐지는 지옥에서 13년을 보냈다.

결과는 만족스러웠다.

15등. 졸업생 38,178명 중 15번째라는 성적을 거두게 되었다. 그 출중한 재능을 인정받아 젊은 나이에 이단심판관이라는 자리를 거머쥐기도 했다.

하나, 그때까지만 해도 크롬의 마음속에는 딱히 묠딘 교를 향한 신앙심이 없었다. 오히려 이 지옥 같은 훈련소를 만들어낸 교단에 증오심마저 품고 있을 정도였다.

"왔냐."

졸업식 날, 크롬은 훈련소의 소장이자 묠딘 교의 주교인 기든의 앞에 섰다. 이단심판관으로 임명을 받기 위함이었다.

'그런데 옆은 누구지?'

그는 온몸에 두꺼운 로브를 덮고 있어서 얼굴은커녕 살점 하나 보이지 않는 존재였다. 더욱 놀라운 점은, 천하의 기든 주교가 그의 눈치를 살피며 단 한 번도 보여준 적 없던 미소를 지었다는 것이었다.

"하하, 이 녀석이 일전에 말씀드렸던…… 조금 헷갈린다는 녀석입니다."

-성적은?

마치 쇠를 긁는 듯한 소름끼치는 목소리였다.

"전체 15위입니다. 주무기로는 낫을 쓰며, 스타일리쉬한 공격법과 타고난 거력이 특징인 녀석이지요."

-쓸 만하군.

의문의 남성은 크롬에게 질문했다.

-뮬딘 님을 믿는가?

"그야 물론입니다."

크롬은 항상 해오던 것처럼 조금의 망설임도 없이 대꾸했다. 하나 눈앞의 상대는 평소에 상대하던 머저리들이 아니었다.

-……아니야, 그게 아니지. 오히려 증오가 엿보이는군.

남성이 천천히 자리에서 일어났다. 그는 크롬에게 다가가며 손을 뻗었다. 그러자 로브 밑에서 앙상한 뼈마디가 툭 튀어나왔다.

기겁한 크롬은 낫을 뽑아 그를 베어내려고 했다.

"감히 누구에게!"

기딘 주교가 신성력을 일으켜 크롬의 몸을 속박했다. 손가락 하나 까딱할 수 없게 된 크롬이 할 수 있는 것은 그저 눈을 크게 뜨는 것뿐이었다.

-교단에 대한 증오와…… 뮬딘 님에 대한 의심이 보여.

천천히 후드를 걷어낸 해골은 자신의 검지 손가락을 크롬의 이마에 가져다 댔다. 그것은 단순히 이마와 맞닿은 것으로 끝나지 않았고, 손가락은 크롬의 머리를 파고들었다.

"그으으으……"

크롬의 눈에서 피눈물이 줄줄 흘러나오는 것도 잠시.

그의 눈동자에서 초점이 사라졌다.

이에 해골이 다시 한번 질문했다.

-뮬딘 님을 믿는가?

"예. 뮬딘 님을 믿습니다."

크롬은 영혼 없는 목소리로 대꾸했지만, 해골은 크게 만족하며 손가락을 거두었다.

-제대로 되었군.

"오오, 그에게 세례를 내려주셨군요. 그는 새롭게 태어난 자신을 사랑하게 될 것입니다."

성스러운 세례 장면을 목격한 주교가 감동한 표정으로 그를 찬양했다.

아트록 추기경은 크롬을 쳐다보며 낮게 웃을 뿐이었다.

서걱!

카이는 크롬의 목을 깨끗하게 베어냈다. 물론 공격은 그것 한 번으로 끝난 것이 아니었다. 검을 회수하면서 같은 자리를 한 번 더 베고, 수직으로 긁어 내리며 또 한 번의 피해를 줬다.

"크르륵……. 커억!"

고통에 몸부림치던 크롬은 입에서 피를 뿜어내며 눈을 감았다.

"……뭐야 이 녀석."

반격을 할 의지도 없는 것 같고, 미동조차 하지 않는다.

심지어 결투 중에 눈을 감다니?

카이는 눈매를 가늘게 뜨며 성검을 꼭 잡았다.

'왠지 느낌이 안 좋아. 빨리 끝내자.'

그 순간, 크롬이 감고 있던 눈을 번쩍 떴다.

눈은 흰자위 하나 없이 검게 물든 상태였다.

-끄, 륵……. 크윽…….

부웅붕!

고개를 세차게 흔든 크롬은 한 차례 주변을 둘러보더니, 고개를 카이에게 돌렸다.

그 순간 카이는 무언가 설명할 수 없는 위화감을 느꼈다.

'이 녀석……. 지금까지 나랑 싸우던 녀석 맞나?'

제대로 설명할 수는 없지만, 완전히 다른 사람을 눈앞에 두고 있는 것 같은 기분이 들었다.

하지만 카이는 빠르게 정신을 가다듬었다.

'괜찮아. 이 녀석이 무슨 수를 썼든, 결투의 승패는 뒤집을 수 없어.'

실제로 크롬의 몸은 이미 걸레짝이 된 상태였고, 생명력도 7%밖에 남지 않았다.

그런데 대체 뭘까, 이 막연한 불안감은.

가만히 카이를 관찰하던 크롬이 입을 열었다.

-두려움이 엿보이는군.

끌끌, 낮은 웃음을 흘린 크롬은 카이를 훑어보더니 활짝 웃어보였다.

-성환 페트라, 성의 니케…… 성검 프리우스까지……. 정말로 사도였구나.

"……뭐?"

아무리 뮬딘 교의 이단심판관이라고 해도, 성물들까지 알아보다니?

이런 적은 처음이었기에 카이는 두 눈 가득 경계의 눈빛을 띠웠다. 살벌하고도 적대적인 눈빛을 고스란히 마주한 크롬은 히죽 웃었다.

-재미있구나. 정말 재미있어.

몸을 숙인 크롬은 바닥에 떨어져 있던 자신의 낫을 집어 들었다.

-이 아이……. 낫을 쓴다고 하던가.

무언가를 이해했다는 듯 고개를 끄덕인 크롬이 카이를 향해 손가락을 까딱였다.

-한 번 실력이나 보지.

"너…… 뭐야."

-끌끌…… 글쎄.

아무래도 의문에 답을 해줄 생각은 없어 보인다.

'그렇다면 강제로라도 알아낼 수밖에.'

눈빛이 차갑게 가라앉은 카이는 자신이 낼 수 있는 최고의 속도로 녀석에게 달려들었다.

'녀석의 남은 생명력은 7%. 심장 한 번 찌르면 끝나.'

카이는 최적의 궤적, 최고의 속도로 성검을 녀석의 심장에 찔러넣었다.

"……!"

아니, 찔러넣었다고 생각한 순간. 크롬의 몸은 검은색 연기가 되어 흩어졌고, 카이는 목젖 부근에서 알 수 없는 이물감을 느낄 수 있었다.

서걱!

"크윽!"

이물감의 정체는 거대한 낫이었다.

예상치 못한 공격을 당한 카이는 뒤쪽으로 날아갔다. 바닥을 몇 바퀴나 구른 그는 자신의 목을 더듬으며 생명력을 확인했다.

NPC가 아닌 유저인지라 피는 나오지 않았지만, 생명력은 단번에 23%가 사라져 있었다.

카이의 얼굴 위로 당황이 떠올랐다.

'내 속도를 따라잡은 것도 모자라서…… 도리어 날 압도했다고?'

확실하다. 무슨 조화를 부렸는지는 모르겠지만, 눈앞의 이 녀석은 조금 전까지 자신에게 맥을 못 추던 그 녀석이 아니었다.

-흐음…… 고작 이 정도인가. 정말이지 쓰레기 같은 육체로군.

현재 카이의 방어력과 스탯, 레벨을 생각하면 말도 안 되는 공격을 성공시켰지만 크롬은 불만족스러운 기색을 내비쳤다.

하지만 카이는 그가 불만을 토해내는 이유를 어렴풋이 알 것 같았다.

드드득.

크롬의 왼쪽 팔은 이상한 방향으로 꺾인 채 덜렁거리고 있었으니까.

-전력을 다한 공격 한 번에 고장 나는 몸이라니. 과연 불량품답군.

혀를 찬 크롬은 오른손만으로 낫을 쥔 채, 카이에게 다가갔다.

-부디 이 여흥이 조금 더 이어졌으면 좋겠구나.

"……혹시 너, 뮬딘이냐?"

우뚝.

크롬의 몸이 멈추었다.

그러기를 잠시, 그의 입에서 푸스스. 바람 새는 소리가 흘러나왔다.

-푸흐흐. 크하하하!

크롬은 어깨를 들썩이며 박장대소를 했다.

그때마다 그의 왼팔이 덜렁거리며 춤을 췄다.

-크큭, 하아. 우매하고 건방지구나. 만약 뮬딘께서 직접 이 녀석의 몸에 강림하셨다면, 너 같은 벌레는 이미 사라졌을 것이다.

사악!

이번에는 예고 없이 공격이 뻗어졌다. 하나 카이는 이미 상대방의 기량을 자신보다 윗선이라고 판단한 상태. 온 신경을 집중하고 있었던 터라 이번 공격은 가까스로 막아낼 수 있었다.

카아아앙!

어둠의 낫과 성검을 부딪친 두 사람이 힘겨루기를 시작했다. 승자는 아이러니하게도 카이였다.

-안타깝구나. 육신이 조금만 더 멀쩡한 상태였다면……. 이 즐거움도 조금은 더 지속되었을 텐데.

드드득, 드득.

크롬의 피부가 갈라지며 돌처럼 부스러기를 떨어뜨리기 시작했다.

"그래서, 네놈의 정체는?"

카이는 성검으로 녀석을 밀어내며 날카롭게 물었다.

툭.

흥이 식었다는 듯, 뒤로 물러난 크롬은 낫을 놓으며 천천히 입을 열었다.

-아트록.

"아트록?"

카이가 되물었다.

들어본 적 없는 이름이다. 아니, 생각해 보니 묠딘 교의 인물에 대해서는 제대로 아는 이가 한 명도 없었다.

부스스, 부스슥.

스스로를 아트록이라 밝힌 존재는 산산조각 나는 자신의 몸을 신기하다는 듯이 쳐다보더니, 고개를 들었다.

-다음번에는…… 조금 더…… 나를 즐겁게…….

"……."

그 말을 끝을 크롬의 몸이 완전히 부서졌다.

카이는 바람에 쓸려 나가는 까만 가루를 쳐다보며 침묵에 잠겼다.

"와아아아아아!"

"적군의 총사령관이 사망했다!"

"잔당들을 쓸어버려라!"

전쟁에서는 대승을 거뒀지만, 가슴 한구석에 묵직한 돌멩이를 얹은 듯한 기분이 들었다.

102장
조금만 쉬자

아군 전사자 2,764명. 부상자 17,236명. 적군, 생존자 없음.

보고서를 읽던 베오르크 국왕은 기쁨을 드러내기보다, 안타까운 목소리로 말했다.

"아군의 전사자가 3천에 가깝군. 모두 왕국의 인재들이거늘……"

그의 중얼거림을 들은 회의실의 모든 귀족이 고개를 푹 숙이며 잠시 애도의 시간을 가졌다.

시간이 흐르자 눈을 뜬 베오르크가 카이를 쳐다봤다.

"카이 백작, 그대의 도움이 있었기에 이 정도 피해로 그친 거라고 알고 있다. 만약 그대가 나서주지 않았다면 이것과는 비교도 안 되는 피해가 발생했겠지."

"정말 고맙네."

"자네가 이 나라를 구한 것이나 다름없어."

귀족들에게 감사의 인사를 받은 카이는 말없이 고개만 끄덕였다. 이 표정을 보고 오해를 한 베오르크는 안쓰러운 표정을 지었다.

"……자네는 조금 더 당당해도 되네."

"그래, 물론 전사자가 발생한 것은 안타깝지만…… 이것은 전쟁이었네. 한 명도 죽지 않는 꿈같은 일은 일어나지 않아."

"그러니 죄책감을 가지지 마십시오, 카이 백작님."

"……예?"

이어지는 귀족들의 위로에 정신을 차린 카이가 눈을 깜빡였다.

그의 머릿속을 지배하던 생각은 단연 아트록이었다. 그가 대체 누구일까, 어둠의 신성력을 쓰던데 뮬딘 교에서는 어떤 위치일까. 과연 본체는 얼마나 강할까.

이에 대해 생각하던 카이는 다시 회의에 집중하며 그들의 위로를 대충 받아넘겼다.

"과찬의 말씀이십니다. 그것도 하인드 백작님이 제 말을 믿어주셨기에 이룰 수 있는 쾌거였지요."

하인드 백작이 부드러운 미소를 지었다.

"누군가에게 믿음을 얻고 싶다면 너 자신을 내보여라. 옛 성현의 말씀이지. 그대는 지난 나날 여러 모습들을 보여주었지. 난 그 모습들을 보고 그대를 믿겠다고 판단을 내린 것뿐이야.

그러니 씨앗은 그대가 뿌린 것일세."

좋은 말이지만 조금 부끄럽다.

카이는 머쓱한 표정으로 고개를 끄덕이자 베오르크가 자리에서 일어났다.

그는 회의실 안을 가득 채운 귀족들과 한 번씩 눈을 마주치더니, 입을 열었다.

"나는 항상 이렇게 생각한다. 우리를 부러뜨리지 못하는 공격은 오히려 우리를 담금질해 줄 뿐이라고. 오늘이 그러했다. 뮬딘 교의 비열한 계략은 실패로 돌아갔고, 우리는 승리했다. 동시에 왕국에 심어진 그들의 세작 또한 뿌리를 뽑아냈지. 덕분에 우리는 더욱 강해졌다. 라시온 왕국은 거친 태풍에도 굴하지 않고 앞으로 나아갈 것이며, 상대가 그 뮬딘 교라고 해도 이 마음에는 변함이 없을 것이다. 모두 그대들이 있기에 가능한 위업이었다."

"라시온에 영광을!"

"라시온을 위하여!"

귀족들이 베오르크의 말에 열띤 성원을 보냈다.

"어제까지만 해도 같이 역경을 이겨낸다고 생각했던 42명의 선원들은 간자였다. 나는 그들과 티끌만큼이라도 관계있는 이들을 모조리 멸할 것이며, 이것은 라시온의 새로운 시작을 세상에 알릴 것이다."

베오르크는 철혈 군주라는 말에 걸맞게, 42명의 귀족과 관련된 모든 친인척의 말살을 명했다.

"그리고 카이 백작."

"예, 전하."

베오르크가 명령했다.

"이번 전쟁에서 그대가 보여준 전술 능력과 지휘 능력, 그리고 상황판단력은 이미 시작된 뮬딘 교와의 대전쟁에서 라시온이 꼭 필요로 하는 능력이라고 판단된다."

"과찬의 말씀이십니다."

카이는 으레 그렇듯 고개를 숙이며 겸손했다.

그저 그런 칭찬이라고 생각했을 뿐이니까.

하지만 베오르크는 앞서 말했던 것처럼, 자신을 기만한 뮬딘 교를 작살내기로 단단히 작정한 듯싶었다.

"이번 사건으로 인해 주인을 잃고 비어버린 동부 영지의 절반을 그대에게 맡기겠다."

"저, 전하!"

"아니 되옵니다!"

"다시 한번 재고해 주시옵소서."

귀족들이 깜짝 놀라며 반발했다.

'아니, 고맙다고 할 때는 언제고 왜 저래? 대체 영지가 몇 개나 되길래?'

그들의 이중적인 모습에 카이가 살짝 짜증이 나려던 찰나.

시종 하나가 2미터 크기의 전국 지도를 가져와 촥 펼쳤다.

지도는 평범했지만 다른 지도와 다른 점이 딱 하나 있었다. 바로 동부의 절반가량이 푸른색 빗금으로 칠해져 있다는 점이었다.

"어? 저긴 내 영지……."

그 빗금 안에 리버티아와 아르칸 등, 자신의 영지가 모두 속해 있는 것을 파악한 카이가 중얼거렸다.

그러자 베오르크가 고개를 끄덕이며 말했다.

"모두 조용. 이미 결정한 사항이다. 카이 백작이 아니면 안 된다는 판단이 들었다."

자리에서 일어난 베오르크 국왕은 자신의 말에 딴지를 건 귀족들을 꾸짖었다.

"정신 차려라! 이미 평화의 시대는 지나가고 격전의 시대가 도래했다. 뮬딘 교는 확실히 돌아와서 언제고 대륙을 먹어치울 준비를 하는 중이거늘, 어찌 귀족이라는 자들이 끝까지 자신의 이득만을 추구하는가!"

"……."

"크, 크흠."

모두가 꿀 먹은 벙어리 모드.

카이는 새삼스럽게 베오르크의 위엄을 확인하며 고개를 빨리 숙였다.

괜히 불똥이 튈까 봐 겁났으니까.

"카이 백작, 지금부터 그대는 이 영지들을 모두 관리해야 한다."

"……예?"

카이가 저도 모르게 고개를 들어 지도를 확인했다.

설마, 아까의 그 푸른 빗금에 포함된 영지들이 전부……?

'진심이세요?'

눈빛으로 묻자, 베오르크가 턱을 한 번 묵직하게 내린다.

동시에 알림창이 떠올랐다.

[라시온 왕국의 동부 지역 장악력이 51%를 달성했습니다.]

[스페셜 칭호, '로드 오브 이스트'를 획득했습니다.]

[레벨이 올랐습니다.]×3

[스탯 포인트를 15개 획득했습니다.]

[명성 725,600을 획득했습니다.]

"어…… 음……."

카이는 눈앞의 인터페이스 창을 쳐다보며 입을 다물지 못했다.

이게 무슨 자다가 봉창 두드리는 소리란 말인가?

'로드 오브 이스트? 내가 동부의 지배자라고?'

아니었는데요, 맞았습니다.

벙쩌 있는 카이의 어깨를 두드리는 베오르크의 눈빛에는 신망이 그득했다.

[베오르크의 호감도가 대폭 상승합니다.]
[베오르크가 당신을 절대적으로 신임합니다.]

"오, 제발……."

안 그래도 영지 관리가 벅차서 탈모가 오는 것이 아닐지 걱정되는 마당이다. 그런 와중에 저 영지들이 대체 몇 개란 말인가?

친절한 베오르크는 묻지도 않았는데 답을 해주었다.

"이로써 자네는 총 74개의 영지를 다스리는 대영주가 되었네. 물론 그대라면 충분히 잘해내리라 믿네. 부탁하네."

"아…… 네……."

마음 같아선 그 부탁, 거절하고 싶다.

하지만 카이는 울며 겨자 먹기로 그 부탁을 받아들였다.

'진짜 죽어도 하기 싫지만…… 상식적으로 생각해 보면 대박은 맞아.'

카이는 아무리 몸과 정신이 힘들다 해도, 넝쿨째 굴러들어온 호박을 걷어차는 성격이 아니었다. 오히려 악착같이 노력해서, 호박으로 할 수 있는 모든 요리를 마스터하는 편이었다.

'우선 스페셜 칭호가 달려 있잖아. 이건 못 놓치지.'

카이는 베오르크가 귀족들에게 훈계를 내리느라 바쁜 것을 확인하고 칭호 도감을 확인했다.

[로드 오브 이스트(Lord of East)]
등급 : 스페셜
내용 : 국가의 한 쪽 지방을 장악한 지배자에게 주는 칭호.
효과 : 모든 스탯 +50, 위엄 +50.
(이 효과는 칭호를 장비하지 않아도 적용됩니다. 이 칭호는 동부 영지의 장악률이 일정 비율 이하로 떨어지면 자동 소멸됩니다.)

'과연.'
하긴, 최소 50레벨을 공짜로 시켜주는 것과 다름없는 칭호를 그냥 줄 리는 없다. 게다가 칭호의 이름만 해도 '동부의 지배자'다.
'더 이상 동부를 지배하지 못하는 순간이 오면, 칭호는 소멸되거나…… 다른 사람의 손에 넘어간다 이거구나.'
더더욱 베오르크의 부탁을 거절할 수 없는 이유가 생긴 셈이기도 했다.
'나쁜 제안은 아니야.'
오히려 좋은 편이다. 라시온의 동부는 당장 맞닿아 있는 국가가 없기 때문이다. 동부와 맞닿아 있는 지역이라고 해봤자, 라시온의 북부와 남부, 중앙뿐이다.
오른쪽으로는 바다가 있기에 외세의 침입을 걱정할 필요는 없었다.

'혹시나 해군이 쳐들어오더라도, 인어족과 할리의 힘을 빌리면 쉽게 정리할 수 있어.'

외세의 침입에 대한 걱정은 끝. 그렇다면 남은 것은 내부 통치에 대한 걱정을 해야 할 차례였다.

'흠.'

3초 정도 고민했을까, 답이 나오지 않았지만, 그럼에도 불구하고 카이는 결론을 내렸다.

'맡겨야겠다.'

누군가에게 맡기자. 굉장히 유능한 인재들에게 싹 맡겨버리자.

마침 뇌리를 스친 곳도 있었다.

'아르칸 아카데미!'

그곳이야말로 전 대륙의 모든 유능한 이들과 왕족, 황족이 모이는 곳이 아니던가. 그중에는 후계자 싸움에서 밀려 가문을 물려받을 수 없거나, 애초에 서자 출신인 학생들도 더러 있었다.

'오, 생각해 보니 진짜 괜찮은데?'

정보를 뽑아낼 곳도 많다.

알버트 교황부터 시작해서 각 과목의 교수들.

그들에게 월급을 주는 존재가 바로 자신이었으니까.

'좋아, 고민 끝.'

탈모 현상이 20년 정도 미뤄진 것 같아 기뻐졌다.

카이는 오랜만에 아쿠에리아 영지로 향했다. 수로 위의 카누에서 꽁냥거리는 연인들이 많은, 걷고 있으면 왠지 모르게 옆구리가 시려오는 도시. 그곳을 방문한 이유는 타르달을 만나기 위해서였다.

'생각해 보니 정말 오랜만이네.'

그에게 마지막으로 임무를 받았던 것이 아오사 때였던가, 아니면 사룡이었던가? 기억이 가물가물할 정도였다.

"어서 오십시오!"

"안쪽으로 모시겠습니다."

예전에는 그의 저택을 한 번 뚫어보겠다고 진짜 별짓을 다 해야 했지만, 그때와 지금의 대우는 천지차이였다.

현재 자신의 계급은 백작. 무려 동부를 다스리는 '대영주'였으니까.

카이는 놀이동산 자유이용권이라도 손목에 부착한 것마냥, 아무런 제지 없이 타르달의 저택으로 들어갔다.

발걸음이 향한 곳은 당연히 그의 서재였다.

똑똑똑.

"음? 이 시간에 누가…… 들어오게."

문을 열고 들어가자, 카이를 확인한 타르달이 눈을 크게 떴다.

"자네……."

"정말 오랜만에 뵙습니다. 그동안 건강하셨습니까?"

괜히 머쓱한 기분이 든 카이가 안부를 전했다.

타르달은 카이의 방문이 의외였는지, 놀란 가슴을 진정시킨 뒤 고개를 끄덕였다.

"나야 잘 지내고 있었네. 자네에 대한 소식은 제법 자주 들리더군."

"그, 그렇습니까?"

"물론이지. 내 기억이 맞다면 최근 몇 년 동안 왕국에서 일어난 굵직한 사건에서 자네가 활약하지 않았던 적은 없었어."

듣고 보니 그런 것 같기도 하다. 자신이 일을 벌이거나 휘말린 적이 한두 번이 아니었으니까.

"그래서. 단물 다 빠진 늙은이한테는 무슨 용무인가?"

타르달은 짧게 코웃음을 치더니, 돋보기안경을 고쳐 쓰며 읽고 있던 책으로 시선을 돌렸다.

'으음, 정말 많이 화나셨나 본데?'

하긴, 먹고살 만하다고 그를 찾아오지 않은 건 자신의 잘못이었다.

카이는 최대한 귀여운 표정을 지으며 그를 구슬렸다.

"헤헤…… 제가 한동안 못 온 게 서운하셨군요."

"서운은 무슨. 나 바쁜 사람이다. 용무 없으면 가게나."

"끄응."

옆머리를 긁적인 카이는 하는 수 없이 용무를 꺼냈다.

"혹시 아트록이라는 자에 대해서 알고 계신 바가 있으십니까?"

멈칫.

책장을 넘기던 타르달의 움직임이 뚝 멈췄다.

그는 믿을 수 없다는 표정으로 카이를 쳐다보더니, 돋보기 안경을 천천히 벗었다.

"그 이름을…… 대체 어떻게 알고 있는 거지?"

카이는 그의 반응을 보며 확신했다.

'헛걸음한 건 아니네.'

타르달, 그는 아트록이 누구인지 알고 있다고 자리에 앉은 카이는 자신이 아트록과 만났던 일을 최대한 상세히 설명해 주었다.

이를 모두 들은 타르달은 두 눈을 지그시 감더니, 옅은 한숨을 흘렸다.

"으음, 아트록. 세월마저 그 괴물을 꺾을 수는 없었나."

그 중얼거림을 끝으로 타르달은 한동안 입을 열지 않았다.

이어지는 침묵.

카이는 그 고요함 속에서 묵묵히 타르달을 기다렸다.

그 상태가 유지된 것은 10분 정도였다.

"만약……."

인내심에 대한 보상일까. 지그시 감겨 있던 눈을 반개한 타르달이 말을 이어갔다.

"만약 자네가 말하는 아트록이 내가 아는 인물과 동일하다면…… 그는 뮬딘 교의 추기경일 걸세. 수백 년 전, 뮬딘 교가 대륙을 침공했을 때 추기경의 위치에 있던 괴물의 이름이 아트록이라는 것을 문헌에서 본 적 있네."

"……예? 수백 년 전 인물이라고요?"

카이 어처구니가 없다는 표정으로 되물었다. 물론 이 세계에서 대마법사나 검술의 경지에 오른 이들의 수명이 길다는 것은 알고 있다.

하지만 그것도 정말 길어봐야 150년이 한계다.

한데 수백 년이라니?

카이가 설명을 요구하는 눈빛을 보내자, 타르달이 입을 열었다.

"그런 눈으로 쳐다보지 말게. 나도 지금 굉장히 당황스러운 상태니까."

"인간이 수백 년이나 살고 있다니…… 솔직히 믿기지 않는데요. 그냥 사칭범 아닐까요?"

"사칭범?"

"예. 타르달님이 문헌에서 읽었다던 아트록은 이미 죽었고,

그의 정신을 계승하거나…… 아니면 후손일 가능성이 높지 않을까 싶습니다."

타르달이 그럴 수 있겠다는 표정으로 고개를 끄덕였다.

"흐음. 일리는 있군. 아트록이라는 이름은 이미 잊혀진 지 오래지만, 알 만한 이들이라면 모두 알고 있는 이름이다. 다른 건 몰라도 각 왕국과 제국이 보관 중인 뮬딘 교에 대한 책자에는 그의 이름이 빠지지 않고 들어가니까. 확실히 뮬딘 교에 대한 두려움을 떠올리게 만드는 것이 목적이라면, 그 이름을 사용하는 것이야말로 최고의 방법이지."

"그렇다면 아마 제 예상이 맞을 겁니다. 솔직히 인간이 수백 년이나 살고 있다는 게 말이 안 되잖아요."

"음."

카이의 말을 속으로 몇 번 곱씹어보던 타르달이 대꾸했다.

"물론 자네의 말이 사실이라면 더할 나위 없이 다행이겠지. 하지만 나는 최악의 상황을 가정해야 하네."

"최악의 상황이라고 하신다면……?"

카이의 질문에 타르달이 눈을 가늘게 떴다.

"아트록, 그가 수백 년 전의 인물과 동일 인물이라는 상황이겠지."

"에이, 설마요. 그럴 리가 없잖습니까."

카이가 웃음을 흘리며 손사래를 쳤지만 타르달의 표정은 한

없이 진지했다.

이를 확인한 카이도 표정을 굳혔다.

"어…… 진심이세요?"

"그래. 말이 나온 김에 한 가지 질문을 하지. 그대는 스스로를 아트록이라 밝힌 존재와 결투를 하면서 그의 실체를 본 적이 있나?"

"아니요. 말씀드렸다시피 그는 크롬이라는 이단심판관의 몸을 조종해서 저와 대결한 것뿐입니다. 그 과정에서 저는 그의 실물이나 실체를 보지 못했고요."

"그래, 그렇단 말이지…… 그게 가장 큰 문제일세."

타르달이 눈살을 찌푸리며 턱을 어루만졌다.

"당장 그가 인간인지, 아닌지조차 알 수 없는 상태니까."

"……인간인지 아닌지조차 알 수 없다니요?"

그 말의 뜻이 이해되지 않은 카이가 고개를 갸웃거렸다.

타르달이 의미심장한 목소리를 뱉어냈다.

"생각해 보게. 평범한 인간이 수백 년 동안 살아남는 방법은 단연코 없네. 이건 악마에게 영혼을 팔아 마족이라도 되거나, 흡혈귀에게 물리지 않는 한 불가능한 일이야."

"그렇죠."

"하나 저 두 가지 방법은 단점이 뚜렷하지. 마족이 되면 신성력이라는 치명적인 단점이 생기고, 흡혈귀가 되면 태양 아래에서 신체 능력이 크게 떨어지니까."

"맞습니다."

카이가 동의했다. 참고로 빛의 전사가 된 데스몬드는 이런 약점이 사라진 상태였다.

"하나 저 둘과는 달리 장점만을 지닌 채 영생을 하는 방법이 존재하네."

"그런 방법이 있습니까?!"

"있네. 바로 리치가 되는 것이지."

"리치…… 그렇군요."

리치. 여타 게임과 영상 매체에서 나오는 리치는 보통 죽음을 거부한 대마법사가 스스로 몸을 개조하여 언데드가 된 존재다. 나이를 먹지도 않고, 음식을 먹을 필요도 없으며, 자신의 영혼을 봉인해놓은 '영혼함'이 파괴되지 않는 한 절대로 죽지 않는 영생의 존재다.

여기서 의문점이 발생했다.

"하지만 아트록 추기경은 뮬던 교의 사제잖습니까? 리치는 대마법사들만 되는 존재 아니었어요?"

"문헌에 따르면 아트록 추기경은 희대의 천재였네. 그에 대한 설명을 듣게 된다면 이해가 쉽겠지."

"뭐라고 적혀 있습니까?"

"아트록. 그는 뮬던이 인간계를 정복하고자 낳은 존재로 묘사되어 있네. 그는 무예와 신성 마법에 정통했으며, 흑마법사의 영역에도 손을 뻗어 수많은 괴물들을 만들어냈다고 알려져 있지."

"그런……."

카이가 뜨악한 표정을 지었다.

그렇다면 아오사와 자탄, 할리 같은 생명체들을 탄생시킨 장본인이라는 말이 아닌가. 게다가 붙어본 바로는 무예 또한 결코 자신의 밑이 아니었다.

'거기다가 뮬딘 교의 신성 주문까지 사용한다고?'

말 그대로 무결점의 최종 보스 같은 느낌이다.

"물론 진위 여부는 파악하지 못했네. 벌써 수백 년 전의 일. 사실이란 시간이 흐르면서 과장이 되고, 부풀어지게 마련이지. 하지만 이번 일로 하나만큼은 확실히 알았군."

타르달이 눈을 빛냈다.

"그가 진짜 아트록이든 아니든, 무예 실력만큼은 뛰어나다는 것."

"……만약 그가 진짜 아트록이라면 더 심각한 문제겠죠?"

"물론일세. 그가 어떤 방식을 사용했든 수백 년 동안 죽지 않고 힘을 쓸 수 있는 상태라면…… 강해지면 강해졌지, 약해지지는 않았을 것 같군."

"큰일이네요. 뭔가 대비해야 하지 않을까요?"

"당장 할 수 있는 일은 없겠지. 그러니 자네는 우선 힘을 키우게."

타르달은 힘이라는 단어를 유난히 강조했다.

"언제, 어디에서 그와 만나더라도 지지 않을 정도로 강해지게."

"힘이라…… 알겠습니다."

"나는 아트록에 대한 정보를 긁어모아 보겠네."

카이의 발걸음이 향한 곳은 천상의 정원이었다. 머리가 복잡했기 때문에, 헬릭의 볼살이라도 늘리며 힐링을 할 요량이었다.

"앗! 카이다!"

의자에 앉아 떠다니는 구름만 멍하니 구경하던 헬릭이 반색했다. 그 모습이 마치 주인이 돌아오면 꼬리를 흔들며 반기는 강아지 같았다.

"위에서 다 봤느니라! 전쟁에서 이긴 걸 축하하는 것이야."

"다 보셨어요?"

"웅. 그런데 마지막이 조금 이해되지 않더구나. 어째서 일방적으로 몰아붙이던 상대에게 당한 것이냐?"

"아, 그게……."

카이는 그 상대가 아트록이라는 말을 넌지시 해주었다.

"헉! 아트록이?"

헬릭이 머리카락을 쭈뼛 세우며 질색했다.

"어라, 누군지 아세요?"

"알다마다! 나쁜 녀석! 나쁜 뮬딘의 나쁜 부하 아니더냐!"

나쁘다는 단어를 세 번이나 연속해서 사용한 헬릭은 두 볼에 바람을 넣어 빵빵하게 만들었다. 무언가 심히 마음에 들지 않을 때 나오는 그녀의 버릇이었다.

마치 복어를 연상케 하는 그 모습은 가히 위압적…… 이긴커녕 귀여울 뿐이다.

"그 녀석이 그대에게 뭐라고 했느냐?"

"별 얘기 안 하던데요. '니가 태양의 사제냐? 나는 아트록이다.' 뭐 대화는 이 정도 나눴네요."

"그것참 싱싱한 녀석이구나."

"싱거운 녀석이겠죠."

헬릭의 말을 정정해 준 카이는 그녀의 맞은편에 앉고는, 두 손을 뻗어 헬릭의 볼을 쭉쭉 당겼다.

'어라.'

며칠 전보다 조금 더 늘어나는 기분이다.

카이는 고개를 갸웃거리며 물었다.

"헬릭 님. 살 찌셨어요?"

메이저리그급의 몸쪽 꽉 찬 돌직구였다.

"흐에익!"

이에 헬릭은 괴상한 소리를 내뱉더니, 자리에서 일어나 뒤로 후다닥 물러섰다.

"시, 신을 상대로 못하는 말이 없구나! 지금 좀 무례해!"

'찌셨네, 찌셨어.'

짜게 식은 눈으로 헬릭을 바라보던 카이는 건네주려던 과자를 당분간 인벤토리에 보관하기로 마음먹었다.

대신 인벤토리에서 몇 가지 새로운 아이템들을 꺼냈다.

"······그것들은 다 무엇이더냐?"

새로운 물건들을 하나하나 꺼내자, 그새 또 관심이 생긴 헬릭이 슬금슬금 옆으로 다가왔다.

"운동 기구예요. 이건 줄넘기, 저건 홀라후프, 그리고 이건 고정형 자전거."

헬릭이 알겠다는 표정으로 고개를 끄덕였다.

"아하, 건강을 신경 쓰기 시작한 것이로구나. 응원할 테니 열심히 하거라."

"이거 제 거 아닌데요."

"그럼 누구 것이더냐?"

"그야 당연히 헬릭 님이죠. 살 빼시기 전까지는 간식 없습니다."

"끄아앙!"

난데없는 폭탄선언에 헬릭이 구슬픈 목소리로 소리쳤다.

"가, 갑자기 이러는 것이 어딨느냐. 내가 먹는 것만 봐두 배부르다구, 그대가 나를 막막 이쁘다구 하지 않았느냐! 그래서 많이 먹은 건데! 그대는 거짓말쟁이냐!"

"그야…… 이렇게까지 조절을 못 하실 줄은 몰랐죠. 건강 나빠지시니 운동은 조금 해주세요."

카이가 꺼낸 아이템은 그것으로 끝이 아니었다.

그는 몇 권의 책을 더 꺼내 들었다.

"그리고 이건 기초 과목들의 교과서예요. 지난번에 학교 다녀 보고 싶다고 하셨죠? 여기 있는 책들은 미리 다 배우셔야 해요."

슈우우웅.

때마침 포탈이 하나 열리며, 하늘색 머리카락을 자랑하는 소녀 하나가 걸어 나왔다.

"어라, 카이님."

"안녕하세요, 라샤 님."

헬릭은 자신의 절친을 보자마자 그녀의 뒤로 도망쳤다.

"으아아앙! 라샤, 들어보거라. 카이가 나에게 너무한 짓을 하는 것이다."

속닥속닥.

헬릭의 고자질을 모두 들은 라샤가 푸훗, 웃음을 터뜨렸다.

"거봐. 내가 조금 자제하면서 먹으라고 했지?"

"그런데 너무 맛있는 걸 어떡하느냐."

라샤는 마치 언니 같은 모습을 보이며 헬릭을 토닥였다.

"으이구. 운동은 나도 같이해 줄 테니까 열심히 해보자?"

"응……."

딸 아이 키워도 소용없다더니, 친구 말을 훨씬 잘 듣는다.

카이는 살짝 서운함을 느끼며 공부 책자를 들어 보였다.

"아참, 헬릭 님은 인간들의 학교를 한번 다녀보고 싶다고 하시던데. 라샤 님은 어떠세요?"

"학교…… 요?"

눈을 둥그렇게 뜨는 그녀에게 아르칸 아카데미에 대해 설명해 주자, 그녀는 반짝반짝 눈을 빛내며 말했다.

"저도 다녀볼게요. 헬릭을 혼자 보내면 걱정되니까요."

"네, 그럼 라샤 님도 이걸로 같이 공부하세요."

그녀에게도 기초 산수와 역사, 마법과 검술 관련 책자들을 건네주었다.

헬릭이 다시 한번 볼을 부풀렸다.

"카이는 나를 너무 어린아이로 보는 것이 문제인 것이다. 이 나이에 기초 산수 공부라니……."

이에 라샤가 산수 책을 훑어보며 꺄르륵 웃었다.

"뭐야, 덧셈부터 배우는 거네. 너 이거 못하잖아."

"아, 아니거든."

헬릭의 눈빛이 살짝 흔들렸다.

이를 놓치지 않은 카이는 불시에 질문을 던졌다.

"9 더하기 16은?"

"어? 어어……?!"

그녀의 눈이 더욱 거세게 흔들리기 시작했다.

지진인 줄.

"9…… 9는 8 다음이고…… 16은 15 다음이니까……."

자신의 고사리 같은 손가락 열 개를 내려다보며 눈빛을 출렁이던 헬릭은 패닉 상태에 빠졌다.

물론 이를 쳐다보는 카이도 살짝 패닉 상태에 빠졌다.

'……생각보다 심각하신데? 애초에 저걸 보고 답이 나올 리가 없지.'

질문의 답은 25, 손가락을 모두 사용해도 셀 수 없는 숫자였으니까.

"푸후훗!"

지켜보던 라샤는 고개를 돌린 채 웃음을 억지로 참고 있다.

카이는 그녀에게도 한 번 물어봤다.

"라샤 님, 25 더하기 7은?"

"절 바보로 아시나요? 32잖아요."

"오오…… 정답."

우아하게 고개를 돌린 라샤가 거만한 미소를 띠며 말했다.

카이는 살짝 감탄하며 다른 문제도 내보았다.

"15 더하기 23."

"38."

"57 더하기 13."

"아이 정말. 70이잖아요."

라샤의 콧대는 정답을 맞힐수록 점점 높아졌다.

슬슬 재미가 없어진 카이는 마지막 문제를 냈다.

"음. 진짜 잘 맞추시네. 그럼 마지막으로 26 빼기 12."

"……."

라샤가 입을 꾹 다물었다.

꿀꺽!

목울대도 크게 한 번 출렁거린다.

심지어 본인이 헬릭의 절친이라는 것을 증명이라도 하듯, 그녀와 똑같은 속도로 눈동자를 흔들거리기 시작했다.

"후우……."

옅은 한숨을 내쉰 카이는 교과서를 돌돌 말고는, 두 소녀의 머리를 가볍게 톡톡 두드렸다.

"아얏!"

"아!"

카이는 두 손을 들어 정수리를 문지르는 바보 신들에게 말했다.

"두 분 다 공부하세요. 나중에 시험 칩니다."

두 소녀는 입술을 삐죽 내밀었지만, 착하게도 고개만큼은 천천히 끄덕였다.

일반 유저들의 입장에서 볼 때, 이번 라시온 왕국의 내전은 제법 충격적인 사건이었다. 자신들이 활동하던 영지들 중 태반이 뮐딘교와 결탁을 한 상태였고, 무려 반란까지 일으킨 상황이었으니까.

그들은 이 사건을 해결한 것이 카이 백작이라는 것을 빠르게 알아냈고, 새로운 장작이 추가된 커뮤니티 창은 활활 타올랐다.

-카이 진짜 뭐하는 놈이냐? 자고 일어나서 게임 접속하니 전쟁 영웅이라고 소문이 자자한데? 시리스 성채에서 5천으로 5만을 이겼대.

└시리스 성채는 지리적인 유리함 덕분에 나도 할 수 있을 것 같음.

└또또 허언 나온다. 또.

-시리스 성채전도 대단하지만, 진짜 이해 안 가는 건 국경선 지대에서의 싸움 아닐까? 5만으로 10만을 상대하면서 대승을 거뒀는데.

└기껏해야 2배 차이니까 쉬운 거 아니야?

└어휴, 전알못이 또;; 야 생각해 봐라. 만약 5명에서 10명을 상대하는 거라면 네 말대로 쉬울지 몰라. 하지만 500명에서 천 명, 5천 명이서 만 명을 상대하는 것도 쉬울까? 똑같은 2배라고 해도, 인원이 늘어날수록 난이도는 기하급수적으로 올라가게 마련이야. 하물며 무려 5만 명 차이다. 이걸 뒤집은 건 진짜 대단한 거라고.

-대체 무슨 마법을 부렸을까? 뭐 포위 섬멸진이라도 썼나?

-일단 침공 이벤트랑 타락의 성지 때 보여줬던 언데드 군단은 썼을

것 같고.

-쿼드라플 캐스팅도 썼겠지. 말하고 보니 자괴감 드네. 이게 게임이냐?

반응은 뜨거웠다. 물론 카이의 업적을 칭송하는 이들이 있는가 하면, 그를 까지 못해 안달이 난 사람들도 존재했다.

길을 걸어갈 때마다 NPC의 입에서 카이의 이름이 흘러나왔으니 짜증이 날 만도 했다.

"진짜 웃긴 건 흑룡 이 녀석들이네. 하여튼 잔머리 하나는……."

가장 먼저 라시온 왕국에 집중된 유저들의 시선은, 때마침 국경선을 압박하던 흑룡 길드에게 돌아갔다. 혹시 뮬딘 교와 모종의 커넥션이 있는가 아닐까 하는, 당연한 의심이었다.

하나 흑룡 길드에서는 모르쇠로 일관했다. 심지어 기자들도 잔뜩 매수해서 언론 플레이를 시작했다.

[흑룡 길드, 뮬딘 교와 결탁한 사실 없어. 우연의 일치일 뿐.]
[때마침 국경선 부근에서 길드 사냥을 하던 흑룡 길드, 증거 사진 첨부.]
[쟈오 린 입장 표명. 뮬딘 교는 유저들이 최종적으로 타파해야 할 악의 집단. 흑룡 길드는 메인 에피소드 진행에 누구보다 앞장선 길드, 억울함 호소.]

유저들도 바보는 아니다. 그들이 짜고 친다는 것을 모를 리는 없었다. 하지만 가장 중요한 것은 당연한 말이지만 증거였다. 흔히 말하는 심증은 있는데, 물증이 없는 상황이었다.

"하긴, 쟈오 린이 뒷덜미를 쉽게 잡힐 멍청이는 아니지."

배 안에 능구렁이를 수백 마리 정도 품고 있는 녀석이라면 모를까.

카이는 커뮤니티 창을 끄며 고개를 돌렸다.

"끄으응…… 라샤여, 생각해 봤는데 살아가면서 덧셈과 뺄셈은 굳이 필요 없을 것 같으니라."

"아니야. 덧셈은 필요해. 그런데 뺄셈은 굳이 필요 없는데."

머리를 부여잡고 끙끙거리며 공부 중인 두 소녀는 자기 합리화를 하는 중이었다.

피식 웃으며 고개를 돌린 카이는 자신의 상태를 점검했다.

'레벨 524라…… 많이 올랐네.'

이번 전쟁에서만 레벨을 무려 50개나 올렸다. 시리스 협곡에서는 카이가 모든 경험치를 거의 독차지했고, 대평원에서도 듀라한들의 활약이 지대했기 때문이었다.

'물론 아쉬운 부분이 없는 건 아니지만.'

카이가 직접 잡은, 뮬딘 교와 내통을 했던 귀족만 모두 15명이었다.

하지만 권선징악 효과는 딱 1번, 메디프 백작을 잡았을 때만 적용되었다.

'동시에 여러 명의 귀족을 잡을 때는 가장 높은 1명만 적용

한다, 이건가.'

아쉬움이 남는 건 사실이었지만, 사실 애초부터 큰 기대를 품지는 않았었다. 그들 모두에게서 권선징악 효과가 발동한다면, 선행 스탯이 수백 포인트나 상승했을 테니까.

'내 입으로 이런 말하긴 뭐하지만, 그건 밸런스 붕괴나 다름없지.'

그래서 카이가 권선징악을 통해 쌓은 선행 스탯은 딱 메디프 백작 1명 분. 45포인트였다.

'로드 오브 이스트 칭호로 모든 스탯이 50만큼 상승하기도 했고…… 남은 스탯도 충분해.'

솔직히 이쯤 되니, 스탯을 어디에 투자하던 손해가 나지 않을 지경이었다. 스탯 포인트가 절실했던 초보 시절에야 하나하나 손익을 따져가며 투자를 했지만, 지금은 어느 스탯 하나 부족한 것이 없었으니까.

"흐음. 게다가 스탯 포인트를 직접 사용해서 능력치를 올리면 목격자들 칭호로 인해 스탯 뻥튀기도 가능하니까……"

요컨대, 스탯들을 골고루 찍어도 손해날 일은 없다는 뜻이었다. 때문에 카이는 힘, 체력, 민첩, 지능, 신성에 각각 50포인트씩 스탯을 투자했다.

[생명력 : 242,700]

[신성력 : 415,000]

힘 : 3,302 / 체력 : 2,427

지능 : 2,919 / 민첩 : 1,757

신성 : 4,150 / 위엄 : 1,569

스탯을 분배하고 난 뒤의 능력치였다. 다른 유저들의 스탯보다 뒤에 0 하나가 더 붙어 있는 수준의 스탯.

아마 커뮤니티에 올려도 관종이 합성 사진을 올렸다고 무시할 것이 분명했다.

"좋아. 신성력은 4천 돌파다."

뿌듯한 표정으로 상태창을 끈 카이는 앞으로의 일에 대해서 고민했다.

'아트록…… 다른 녀석은 몰라도, 그 녀석을 상대하려면 지금의 내 실력으로는 무리겠지.'

솔직히 말하자면 스탯이 밀린다는 생각이 들지는 않았다. 실제로 그와 힘겨루기를 했을 때 우위를 점했던 건 자신이었으니까.

'그렇다면 이건 스탯이 문제가 아니라, 기술의 문제라는 건데…….'

카이는 머리를 벅벅 긁으며 고민했다.

자신의 스탯은 높다. 그냥 높은 게 아니라, 미드 온라인의 고위 NPC들과 비교해도 적수를 찾기 힘들 정도로 높다.

이건 굉장한 이점이었다. 대부분의 랭커들이 부족한 스탯을 기술적인 부분, 즉 실력으로 커버 치고 있다는 것을 생각해 보면 엄청난 이점이다.

'하지만 누가 이 스탯들을 온전히 활용하고 있냐고 묻는다면…… 글쎄.'

그 부분에 있어선 회의적인 것이 사실이다.

당장 힘만 봐도 그렇다.

카이의 힘은 이미 3천이 넘었지만, 그가 싸우는 방식은 바체와 대련을 했을 때 이후로 제자리걸음이었다. 가장 자주 다루는 무기가 검이고, 관련 스탯인 힘이 그 정도였으니 다른 스탯들의 활용도는 어떤 수준이겠는가.

그것을 깨닫는 순간, 카이는 고개를 끄덕였다.

'다시 한번 담금질을 해야 될 순간이 왔구나.'

카이는 여태까지 게임을 하면서 벽에 막힐 때면 후이 관장이나 아쿠에리아의 흰 수염 사범 같은 교관들. 혹은 지르칸이나 바체 같은 강자들에게서 그 해답을 찾아냈었다.

하지만 이번에는 그 경우가 조금 달랐다.

'나보다 스탯을 높은 사람을 찾는 건 솔직히 힘들 거야.'

그렇다면 결국 스스로 해답을 찾아야 한다는 소리다.

'나 스스로 해답을……'

잠시 고민을 하던 카이는 자리에서 일어났다.

"웅? 어디 가느냐?"

"길잡이를 만나러 갑니다."

"길잡이?"

"네. 정답을 말해주지는 못하지만, 어느 쪽으로 가는 것이 좋을지 추천해 줄 수 있는 사람. 지금 저에게 꼭 필요한 사람이죠."

"으으응. 그럼 천천히, 아주아주 천천히 다녀오거라."

"그럴게요. 대신 다녀오면 바로 시험 칩니다."

"흐으앙!"

헬릭이 다 녹은 찐빵처럼 주르륵 허물어졌다.

여전히 낡은 간판, 청소도 제대로 되어 있지 않은 담벼락.

카이는 굉장히 오랜만에 방문한 장소를 그리운 눈빛으로 쳐다봤다.

끼이이익!

"응?"

아침마다 검술관 앞을 청소하는 습관은 여전한 듯했다. 빗자루를 들고 현관을 나선 후이 관장이 살짝 놀란 표정을 지었다.

"……내일은 해가 서쪽에서 뜨겠군. 여긴 어쩐 일이세요? 백작님이."

쓰윽, 쓰윽.

카이를 슬쩍 한 번 쳐다본 후이는 빗자루질을 시작하며 물었다.

"걸어가던 길이 막혀 있다는 것을 깨닫고, 도움을 요청하러 왔습니다. 그리고 말씀 편하게 하셔도 됩니다."

"이제 네놈이 나보다 훨씬 강할 텐데. 그걸 나한테 묻는다고 답이 나오나. 좀 비켜봐!"

말투를 손바닥 뒤집듯 쉽게 바꾼 후이는 빗자루로 카이의 다리를 툭툭 쳤다.

카이는 옆으로 물러서며 말했다.

"공부 잘한다고 모두 좋은 선생이 되는 건 아니잖아요. 검술도 마찬가지 아니겠어요?"

"……."

"저 좀 도와주세요."

카이의 거듭된 부탁에 몸을 멈춘 후이 관장이 눈을 가늘게 떴다.

"너 맨손으로 왔냐?"

"설마요."

카이는 인벤토리에서 시중에서도 구하기 힘든 최고급 와인 한 병을 꺼냈다. 1,200만 원이나 하는 와인으로, 애주가인 후이의 마음에 불을 지피기엔 충분할 것이다.

"흐, 흐읍!"

아니나 다를까, 술병에 붙어 있는 라벨을 확인한 후이 관장은 콧구멍을 벌렁거렸다.

"그거 설마……."

"예, 30년 산 운디네의 물방울이에요."

"컴 백 스윗홈, 나의 제자여."

양팔을 벌리며 카이를 환영한 후이는 빗자루를 놓더니, 와인 병을 들고 검술관 안으로 들어갔다. 카이가 뒤따라 들어가려고 하자, 현관이 닫히며 안쪽에서 쩌렁쩌렁한 소리가 들려왔다.

"빗자루질은 마무리하고 와라!"

"……."

슥슥.

카이는 간만에 옛 기억을 되살리며 빗자루질을 했다.

"흐음. 그러니까 지난바 능력은 확실히 강해졌는데, 그 힘을 주체할 수가 없다는 소리냐?"

"네. 제힘을 주체할 수가 없습니다. 이 힘을 제가 완벽히 통제해야 될 것 같은데…… 방법을 모르겠습니다."

"……."

진지한 표정으로 질문하는 카이를, 후이는 이상한 환자를 바라보는 눈빛으로 보고 있었다.

그는 살짝 거리감이 느껴지는 목소리로 물었다.

"혹시 말이다. 왼쪽 팔에서 엄청난 통증이 느껴지거나, 검은 용이 날뛸 것 같은 기분이 들거나…… 그런 증상은 없느냐?"

"없는데요."

"끄응, 말년에 골치 아프게 하는군."

한숨을 푸욱 내쉰 후이는 목검을 들며 자리에서 일어났다.

"좋아. 그럼 주체할 수 없다는 그 대단한 힘부터 보여봐라."

까딱까딱.

목검 끝을 흔들며 도발하는 후이는 무방비해 보였다.

'당장 눈에 보이는 약점만 14개……'

그를 유심히 살피던 카이는 무언가를 깨달았다.

'그러고 보니 관장님이 기억하는 나의 마지막 모습은 한참 전. 레벨이 50 정도였던 시절이지?'

이렇게 무시를 할 만도 하다. 아무리 명성이 높아지고 백작의 자리에 올랐어도, 그는 자신의 최근 실력을 본 적이 없었으니까.

'좋아. 그렇다면…… 이왕 보여 드릴 거 확실하게.'

눈을 반짝인 카이는 가볍게 바닥을 박찼다. 순식간에 후이의 배후로 이동한 카이는 들고 있던 목검을 내밀어 후이의 목젖에…….

스윽.

"……!"

갖다 대기 직전. 후이가 들고 있던 목검이 먼저 카이의 목젖을 지그시 눌렀다.

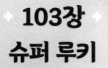

103장
슈퍼 루키

　카이는 믿을 수 없다는 표정으로 후이를 쳐다봤다. 그러자 마찬가지로 믿을 수 없다는 표정을 지은 채 자신을 쳐다보고 있는 후이가 눈에 들어왔다.

　"어우 씨, 깜짝이야. 너 진짜 강해졌구나?"

　그는 소름이 돋는지, 자신의 팔뚝을 연신 쓸어내리더니 뒤로 물러섰다.

　"……대체 어떻게?"

　돌아가는 상황이 이해되지 않은 카이가 혼란스러운 목소리로 물었다.

　"대체 어떻게 제 움직임을 따라잡으신 겁니까? 제 능력치는……."

　"무슨 소리냐. 따라잡은 게 아니다."

　후이 관장이 카이의 말을 도중에 끊었다.

"커험!"

오랜만에 사범다운 표정을 지은 그가 입을 열었다.

"모든 생물은 말이다. 크든 작든 저들만의 습관, 혹은 버릇이라 불리는 것들이 있다. 일반적으로 이게 없는 생물은 존재하지 않지."

"……경청하겠습니다."

"나는 네가 얼마나 강한지 알지 못했다. 그저 들리는 소문을 듣고 적당히 강해졌겠거니 생각할 뿐이었지."

"……."

그런데 어떻게 그런 움직임을?

카이의 눈빛을 받은 후이 관장은 자신의 검지로 톡톡, 눈가를 두드렸다.

"눈빛. 나는 너의 현재 실력은 모르지만, 너의 눈빛은 안다. 지난날 내가 널 가르쳤을 때의 눈빛. 네가 나와 대련하며 보여 줬던 눈빛. 네 몸과 마음이 얼마나 변했는지는 모르겠지만, 그 작은 습관은 그대로 있더군."

"제 눈빛이요?"

"그래. 넌 상대방에게 달려들기 전에 빠르게 상대의 전신을 한 번 훑는다. 그리고 0.4초 후에 몸을 움직이지. 게다가 너의 항상 변주를 넣지 않는 클래식한 음악처럼 정직하게 움직인다. 아마 속도에 자신이 있다면 상대의 배후를 점해 우위를 차지하는 것을 좋아할 거라 생각했다. 실제로 내 예상이 맞았지. 참고로 난 네가 움직이는 모습을 눈으로 좇는 것조차 무리였다."

"와……."

카이는 순수하게 감탄했다. 스탯이나 레벨은 자신보다 낮지만, 후이 관장은 평생 검을 쥐었다. 그 과정에서 생겨난 통찰력은 감히 카이가 넘볼 수 있는 수준이 아니었다.

"그저 너의 습관과 생각을 읽었고, 네가 움직이기 전에 검을 휘두른 것뿐이다. 따지고 보면 내 검이 너를 '기다리고' 있었던 것이라 할 수 있지."

"가르쳐 주십시오."

카이는 무릎을 꿇으며 청했다.

하나 후이 관장은 고개를 절레절레 흔들었다.

"이건 가르치고 말고의 문제가 아니라니까. 혹시 일정한 경지에 이른 무예가들이 그 벽을 깨기 위해 하는 행동이 무엇인지 아느냐."

"모르겠습니다."

"바로 자기 자신을 지워내는 것이다."

후이 관장이 두 눈을 지그시 감았다.

"평생을 살면서 저도 모르게 몸에 익은 습관, 버릇, 혹은 반복된 패턴들. 그것들을 돌아보며 하나씩 지워 나가는 것이다. 그렇기에 역사적으로 이름을 떨친 위인들은 대부분 검술에 '형'이 없으며 단점 또한 없다. 아, 물론 아무 생각 없이 휘두른다고

형이 없는 것은 아니다."

이야기를 듣던 카이가 심각한 표정으로 고민했다.

'생각해 보니 그 말이 맞아. 나는 달려들기 전에 상대방을 파악했었어. 상대의 약점을 찾기 위함이었지. 게다가 될 수 있으면 내 엄청난 속도로 상대방을 찍어누르는 것도 사실이야. 배후를 점할 수만 있으면 싸움은 훨씬 쉬워지니까.'

누군가 말해주기 전에는 미처 깨닫지 못한 자신의 '패턴'들이었다.

하지만 이쯤에서 의문이 발생했다.

"그런데 관장님, 처음 보는 상대도 제 버릇이나 습관을 읽어낼 수 있습니까?"

"흠."

후이 관장이 턱을 어루만졌다.

"글쎄. 나야 너를 가까이서 제법 봐왔으니 생각을 읽어낸 것이지만. 보통 처음 봐서는 불가능하다. 하지만 이 세상에는 '보통'의 범주를 넘어선 괴물들이 있다는 것을 생각해야 한다."

"……그렇군요."

보통의 범주를 넘어선 괴물. 바로 아트록 같은 녀석들을 일컫는 말일 것이다. 그가 아트록 본인이라는 전제하에 무려 수백 년 동안 살아온 존재.

'경험 측면에서는 나와 하늘과 땅 차이일 거야.'

그는 자신의 눈빛만 보고 품고 있는 생각을 읽어버릴지도 모른다. 아니, 아마 그럴 가능성이 농후했다.

실제로 지난번 전투에서 그는 자신을 완벽하게 가지고 놀았으니까. 아마 크롬의 몸이 고장 나지 않았다면, 자신이 패배했을 가능성이 높았다.

"혹시 추천해 주실 방법이 있나요? 저 자신을 어떻게 지워야 할지 말입니다."

"흠. 자신을 지워내는 가장 좋은 방법은 밀폐된 곳에서 수련과 명상을 하는 것이다. 하지만 네놈은 그런 것에 별로 자신 없지?"

"네. 그런 게 강제되는 상황이 아니라면 굳이 하고 싶지는 않습니다만……."

"그렇다면 대안이 있기는 하다."

"그게 뭡니까?"

의욕이 활활 타오르는 카이를 쳐다보던 후이 관장은 입 꼬리를 말아 올렸다.

"뭐긴, 미친개들이 즐비한 전장에서 구르고 또 구르는 법밖에 없지. 너 자신이 닳아 없어질 때까지 말이다."

사람들이 속된 말로 부르기를 미친개들의 전장. 다름 아닌 결투장이었다.

온라인 게임이라는 정원에는 다양한 향기를 뿌려대는 꽃이 핀다.

사냥, 육성, 레이드, 생산이나 수집 콘텐츠 등등.

하지만 게임을 논할 때 절대 빼놓을 수 없는 것이 바로 PVP 콘텐츠다.

미드 온라인도 마찬가지였다.

결투장. 그것이 바로 미드 온라인에 화사하게 피어난 PVP 콘텐츠의 이름이었다. 당연한 말이지만 결투장은 굉장한 인기를 구사하고 있었다.

무고한 유저들을 일방적으로 기습하는 PK범이 아닌 이상, 합법적으로 유저와 실력을 가릴 수 있는 몇 안 되는 장소가 바로 결투장이었으니까.

덕분에 결투장의 챔피언들은 이름을 날리며 압도적인 인기를 자랑했다.

그중 가장 인기 있는 이를 꼽으라면 사람들은 주저 없이 한 사람을 꼽았다. 세계 8대 길드에 속해 있는 리미트리스 길드의 주인이자 결투장의 챔피언 랭킹 1위인 캐서린이었다.

지극히 서구적인 몸매와 얼굴, 폭포수처럼 떨어지는 금발의 웨이브 머리. 심지어 결투장의 수많은 랭커들을 가볍게 요리하는 단도술까지. 인기가 있을 수밖에 없는 요소들을 몽땅 뭉

쳐놓은 것이 바로 그녀였으니까.

게다가 그녀는 과거 복면 랭커라는 예능 프로그램에 출연을 해서, '냐옹냐옹 캣우먼'이라는 이름으로 10주 동안 절대자의 자리에서 내려오지 않으며 명예 은퇴까지 했던 화려한 경력까지 지니고 있었다.

결투장 여신이라고까지 불리는 그녀는 최근 큰 고민을 하나 안고 있었다.

"흐으음……."

툭, 툭.

캐서린은 자신의 앞으로 도착한 검은색 편지 한 장을 툭툭 치며 이리 돌리고, 저리 돌렸다.

그러다가 문득 고개를 돌리며 물었다.

"야, 어떻게 생각하냐?"

"……뭐가요?"

그녀의 부하이자 리미트리스 길드의 부마스터인 리로드가 뻘쭘한 목소리로 대꾸했다.

그는 캐서린이 이런 식으로 질문을 던질 때마다 두려웠다.

세간에서의 평가가 어떻든, 길드 내에서 캐서린은 이 구역 미친년이라고까지 불리는 인물이었으니까.

"궁금하지 않아? 나한테 편지 보낸 이 새끼는 대체 대가리에 무슨 똥을 넣고 다니는 걸까?"

"잘 모르겠습니다."

"너 좀 쓸모없네. 알아보라는 건 좀 알아봤어?"

"예. 하지만 정확한 위치는 파악되지 않고 있습니다."

"쯧. 내가 동네북이야 뭐야. 왜 엄한 데서 뺨 맞고 나한테 와서 지랄인데. 짜증 나."

부우욱!

짜증이 솟구친 그녀는 툭툭 치던 편지를 그대로 찢어버렸다.

리벤지 길드의 마크가 찍혀 있는 그 편지의 발신자는 골리앗이었다. 편지의 내용은 결투 신청이었다.

"물론 내가 결투장 챔피언이고, 겁나 예쁘고, 고혹적이고, 섹시한 매력이 넘치는 건 알겠는데. 이건 좀 아니지 않아?"

"……그러네요. 진짜 좀 아니다."

"그치? 솔직히 카이한테 터져놓고 나한테 이거 보낸 의도야 뻔하잖아. 이 새끼 이거 그냥 화풀이 하고 싶다는 거지?"

"그야 그렇죠."

"이딴 편지를 받은 내가 화가 나겠어, 안 나겠어?"

"음……."

리로드가 아주 잠깐 고민했다.

그것이 캐서린의 예민한 신경을 건드렸다.

그녀는 리로드를 죽일 듯이 노려보며 물었다.

"야. 너 지금 장난해? 내가 카이보다 약해?"

"예에? 아, 아니 저 입도 벙긋 안 했는데……."

"그래도 생각은 했잖아. 그러니까 '음……'이라고 한 거잖아. 그치? 맞네, 이 배신자 새끼. 반으로 갈라져서 죽어버려."

"아, 진짜. 아니라니까요?!"

리로드는 자신의 결백을 10분 동안 주장하고 나서야 그녀의 히스테리에서 벗어날 수 있었다.

"그래서 수락하실 겁니까? 골리앗의 결투 신청."

"내가 미쳤어? 그 새끼랑 나랑 급이 같아? 엿이나 처먹으라 그래."

"……그럼 다행이고요."

"오, 쟤 좀 쓸 만하네. 마크해 놔."

결투장이 훤히 내려다보이는 VVIP석. 캐서린은 오직 챔피언에게만 허락된 그 방에서 경기를 관람하고 있었다.

"마크 완료. 그러고 보니 최근 랭크 매치의 수준이 올라간 것 같더군요."

"어머, 희소식이네."

미드 온라인의 결투장은 몇 가지 모드로 나뉘어 있다.

점수에 구애받지 않고 편하게 즐기는 노멀 매치. 이기면 점수를 획득하고, 지면 점수가 떨어지는 랭크 매치.

이외에도 이벤트 매치나 듀오, 트리오 매치 등등 다양한 모드가 있지만, 일반 유저들에게 가장 인기 있는 매치는 단연 개인전, 즉 랭크 매치였다.

"어이씨, 근데 보는 것도 하루이틀이지. 제발 아무나 좋으니까 도전자 좀 나왔으면 좋겠다."

푸념을 내뱉는 캐서린은 랭크 매치의 챔피언이자, 결투장 포인트를 무려 3,000점이나 보유한 유일한 유저였다.

'생각해 보면 우리 미친년…… 아니, 마스터가 괴물은 맞지.'

그녀가 결투장에 처음 입문한 지 게임 시간으로 52개월이 지났다. 그동안 캐서린은 단 한 번도 챔피언 타이틀을 빼앗기지 않았다.

무패의 여제 캐서린.

그녀가 수많은 팬을 보유한 가장 큰 이유였다.

"심심하시면 노멀 매치라도 하시던가요."

"거긴 트롤 아니면 허접들만 있잖아. 재미어어어어없어."

"조금만 참을성 있게 기다려보세요. 혹시 알아요? 이번엔 도전자가 나오게 될지."

"……나한테 도전하려면 결투장 포인트 2,800이 넘어야 되는데. 그런 녀석이 진짜 나오기는 할까?"

사실 이전에 2,800을 넘긴 유저들이 몇 명 있긴 했다. 물론 그들은 캐서린의 격렬한 환영 인사(라 쓰고, 박살이라 읽는다)와 함께 결투장 포인트가 크게 하락.

이슬처럼 사라졌다.

"흐웅. 다음번에 도전자 나오면 그냥 한 번 져줄까? 지금 지면 포인트가 몇백 점 정도는 떨어질 텐데."

"농담이시죠? 절대 안 됩니다."

항상 고분고분하던 리로드가 정색을 했다.

그야 당연했다. 길드 마스터가 결투장 챔피언이라는 건 어마어마한 홍보 효과가 있었으니까.

'마스터는 절대로 지면 안 돼. 필드에서라면 몰라도, 결투장 위에서는 절대 안 된다.'

말이 부마스터지, 사실 리로드는 그녀가 패배하지 않도록 서포트하는 것이 주된 역할이었다.

실제로 그는 길드 내에서 퀸메이커라고 불린다. 랭크 매치를 돌아다니며 인물들의 신상 파악은 물론이고, 착용 중인 장비의 효과나 스킬들까지 알아내서 그녀의 승리 확률을 높여줬으니까.

"그럼 아쉽지만 어쩔 수 없고. 내가 눈여겨볼 만한 루키는 있어?"

"음, 잠시만요."

리로드는 백과사전 정도 두께의 책을 들었다. 그곳에는 여태까지 수집한, 랭크 매치 참가자들에 대한 모든 정보가 빼곡히 적혀 있었다.

"……이번에는 조금 긴장하셔야겠는데요. 챔피언 출신 유저들이 대거 복귀했어요. 랭크 매치에서 양학하고 다니네요."

"흥. 그래 봤자 내가 데뷔하기 전에 챔피언 행세하던 퇴물들. 전부 나한테 한 번씩 쥐터진 애들뿐이잖아."

"그야 그렇지만…… 알고 계시죠? 결투장에서는 어느 정도 스탯 '보정'이 들어간다는 걸."

"야, 내가 결투장 여신인데 그걸 모르겠냐? 너 오늘 좀 짜증 나."

"죄송합니다. 아무튼 필드에서 싸우면 마스터가 다 이길 수 있겠지만, 결투장에서는 아무리 이겼던 상대라고 해도 방심해선 안 된다는 뜻이었습니다."

"흐흐. 나 방심 안 해. 제일 무서워하는 게 그 녀석이거든."

"……역시 마스터이십니다."

리로드는 다른 건 몰라도 결투에 대한 캐서린의 자세만큼은 존경했다. 그녀는 토끼를 사냥할 때조차 최선을 다했으니까. 그것이 예의라고 생각하는 참된 무인이었다.

"익명 참가자들 파악은 어때?"

"아시다시피 익명 참가자들은 신상 파악이 어려워서요…… 그래도 이번엔 3명 정도밖에 없네요. 신경 쓰실 필요는 없을 겁니다."

"생각보다 적네. 꼭 뭣도 안 달린 애들이 얼굴 가리고 이름 숨기더라고."

"사실 그런 경향이 있긴 하죠. 특히 언노운 가면이나 따라 쓰는 애들은 전부 허접 아닙니까."

"아, 그거 완전 동의! 꺄하하하학!"

두 사람이 하하 호호 웃고 떠들던 시각. 칠흑의 놀 투구를 뒤집어쓴 인영 하나가 결투장 입구에 들어섰다.

미드 온라인의 결투장은 그 어떤 나라에도 속해 있지 않은 독립된 공간이다. 실제로 도시의 텔레포트 게이트를 통해 결투장으로 이동하면, 바다 어딘가에 떠 있는 둥글고 넓은 섬으로 소환된다.

현재 후드를 뒤집어쓰고 있는 카이도 마찬가지였다.

결투장으로 이동한 카이는 철썩거리는 파도 소리가 들리는, 긴 계단 밑으로 텔레포트 되었다.

'이게 그 유명한 도전자의 계단이구나.'

아무리 문외한인 카이라도 들어본 적 있었다. 한 달마다 리그 챔피언의 동상을 새롭게 전시하는 이 도전자의 계단에는…….

"죄다 캐서린이네."

무려 52개의 캐서린 동상이 세워져 있었다.

누가 보면 도전자의 계단이 아니라, 캐서린 박물관인 줄.

제각각 다양한 포즈를 취하고 있는 캐서린 동상들을 모두 지나치면 그곳이 나온다.

우글우글.

"어서 와라! 해상 결투장에!"

"거기 모험가! 미친개들의 전장에서 챔피언이 되어볼 생각 없나?"

"배당률 대박! 승부 예측 골드 받습니다! 인생 역전의 기회!"

사람들이 벌레처럼 우글거리는 결투장의 입구가.

'많기도 해라.'

카이는 대륙 전역에서 모여든 다양한 사람들을 뒤로한 채, 접수대로 향했다.

"도전자로군. 어수룩한 기색을 보니 결투장은 처음인가?"

우락부락한 근육을 자랑하는 거한이 이를 드러내며 씨익 웃었다.

카이는 짧게 고개를 끄덕였다.

"예."

"처음이라면 노멀 매치를 하면서 감을 잡는 걸 추천하네."

"노멀 매치와 랭크 매치의 차이는 점수가 있다는 게 전부인 가요?"

"음…… 솔직히 말하자면 랭크 매치의 경기 수준이 훨씬 높 긴 하네."

"그럼 랭크 매치로 부탁드립니다."

카이의 말에 거한이 살짝 놀란 표정을 짓더니 크하하! 웃음을 터뜨렸다.

"크큭, 이거 제법 놀 줄 아는 놈이었군. 좋다! 랭크 매치로 등록해 주지. 이름이나 얼굴을 공개할 수도 있고, 아니면 저쪽에서 가면이나 투구를 구매해서 익명으로 참가할 수도 있다."

"익명 참가요?"

카이는 거한이 가리키는 방향으로 고개를 돌렸다.

그곳에는 다양한 종류의 마스크와 투구가 걸려 있었다.

"저건……."

카이는 홀린 것처럼 한 투구 앞으로 다가갔다.

크하하하!

거한 특유의 웃음소리가 다시 한번 들려왔다.

"자네도 그 투구가 마음에 드나? 모험가의 몸으로 최초로 백작의 자리까지 올라간 카이 백작이 예전에 즐겨 쓰던 투구의 레플리카라네. 당시 활동명은 언노운이었기에, 우린 편의상 언노운의 투구라고 부르지."

"……사람들이 이거 많이 씁니까?"

"물론이지. 익명 신청자 중 태반이 그걸 쓴다. 카이 백작은 그만큼 유명하니까."

"그렇군요. 그럼 익명 참가하겠습니다."

"알겠다…… 음?"

선수 등록을 마친 거한이 고개를 들었을 때, 카이는 이미 자리를 떠난 상태였다. 그는 여전히 한쪽 벽면에 여전히 걸려 있는 언노운 투구를 보며 껄껄 웃었다.

"녀석도 참. 너무 긴장해서 투구를 사 가는 것도 잊었나 보군. 뭐, 다시 돌아오겠지."

아쉽게도 카이는 투구를 사러 되돌아가지 않았다. 오히려 화장실에 들어간 그는 인벤토리에서 칠흑의 놀 투구를 꺼내 자신의 머리를 덮었다.

'이걸 착용하는 것도 굉장히 오랜만이네.'

가장 힘들었던 시기를 함께 보냈던 장비다. 어찌 애착이 가지 않겠는가.

변장(?)을 마친 카이는 곧장 결투장으로 향했다.

"선수 대기실은 이쪽입니다."

결투장 안쪽으로 들어서자 길은 두 갈래로 나뉘었다.

관람석과 선수 대기실. 그 앞에서 안내역을 맡은 NPC는 카이를 오른쪽으로 보냈다.

"저 포탈로 들어가면 됩니다."

선수들이 너무 많았기 때문에 자연스럽게 대기실의 방도 많왔다.

당연히 그 방까지 걸어가는 것은 비효율적. 선수들을 각자의 방으로 텔레포트시키는 것이 일반적이었다.

카이가 대기실로 텔레포트 되자 대기실 안에 있던, 서른이 살짝 안 되는 유저들이 일제히 그를 쳐다봤다.

카이의 전신을 훑어본 그들의 시선은 언노운의 투구에 멈춰섰다. 당연한 말이지만 대기실은 비웃음으로 가득 찼다.

"나 참. 언제 적 언노운인지."

"유행에 뒤처져도 한참 뒤처졌군."

"쪽팔리지도 않나."

"쯧, 저걸 쓴다고 지가 언노운이 되는 건 아닌데 말이지."

덕분에 관심은 순식간에 사그라들었다.

'관심을 꺼주면 나야 고맙지.'

조용히 자리에 앉은 카이는 선수들의 면면을 살펴보며 살짝 걱정했다.

'일단 후이 관장님이 가라고 해서 오기는 했는데…… 이런 곳에서 정말 나 자신이 닳아 없어질 수 있을까?'

솔직히 아무리 둘러봐도 위협이 될 만한 이가 보이지 않았다.

'랭크 매치의 점수가 좀 더 높아지면…… 거기엔 강자가 있으려나.'

랭크 매치 점수를 올리는 법은 쉽다. 경기에서 이기면 올라간다. 높은 점수를 지닌 상대를 이기면 더 많이 올라간다.

단, 점수가 높아지면 높아질수록 패배했을 때 잃게 되는 점수 또한 커진다.

그것이 캐서린의 대단한 점이다. 단 한 번도 패하지 않고 3,000이라는 점수를 손에 넣었으니까.

그때 대기실의 문은 열고 들어온 관리자가 소리쳤다.

"베니쉬 선수! 경기 잡혔습니다! 나와주세요!"

그 이름을 듣고 자리에서 일어난 건 다름 아닌 카이였다.

"여기 있습니다."

관리자를 향해 천천히 걸어가는 그에게 선수들이 예의상 응원을 보냈다.

"뭐, 열심히 해보라고."

"대기실에서 구경 정도는 해주지."

"결투장에서 구르다 보면 패배 몇 번 정도는 정말 아무것도 아니야. 그게 다 피가 되고, 살이 되는 법이니까."

까딱.

가볍게 고개를 끄덕여 이에 화답한 카이는 긴 복도를 지나 경기장 위로 올라갔다. 관객석에는 이미 수만 명이 넘는 사람들이 차 있었고, 귀가 먹먹해질 정도의 함성을 쏟아내는 중이었다.

"루크! 가라! 너한테 걸었다!"

"알아봤는데 베니쉬 저 녀석, 결투장 첫 무대더라고. 크하하! 꽁돈 벌었다!"

"뭐라고? 이런 젠장, 어쩐지 배당이 높더라니! 야! 언노운 대가리! 지면 뒤진다!"

"언노운이시여. 제발 저 허접에게 언노운의 가호를 내려주시길……."

그때 사회자가 경기장 위로 올라서며 카이의 상대를 가리켰다.

"랭크 포인트 853점! 초속의 검사 루크!"

"와아아아아아아!"

"저 녀석 검술이 기가 막혀. 정말 현란하다니까."

"확실히 루크 녀석은 시간이 지나면 2천 점 정도는 모을 수 있을 거야."

관중들의 평가는 대체로 호의적이었다.

"이에 맞서는 상대는 놀랍게도 이 경기가 데뷔 무대! 익명 참가자, 베니쉬이이이이! 랭크 포인트는 기본 500점!"

"우우우우우!"

"이 새끼들아 야유 그만해! 야! 난 너한테 걸었다!"

"돈 날리려고 작정을 했네. 언노운 투구 쓰고 나오는 애들은 승률이 2%도 채 안 되는 거 몰라?"

"첫 상대가 요즘 한창 주가를 올리고 있는 루크라니…… 재수도 오지게 없네!"

관중석에서 웃음이 터져 나왔다. 심지어 카이의 상대인 루크조차도 피식 웃음을 터뜨릴 정도.

물론 카이는 이 정도의 외부 요인으로 마음이 흔들릴 수준이 아니었다.

'나 자신을 지운다라.'

자신의 습관, 버릇, 패턴. 그 모든 것들을 이곳에서 새롭게 재정립할 수 있을까.

카이의 머리는 오직 그 생각만으로 가득 찬 상태였다.

후이 관장에게 그 방법에 대해서 배우기는 했다.

'어려운 방법이긴 하지만, 우선 자신을 상대방으로 채워보라고 하셨지.'

요컨대 자신의 색을 철저하게 지워보라는 소리였다.

"경기, 시이작~ 합니다아아아~"

사회자가 소리를 지르며 경기장 아래로 내려갔다.

동시에 루크는 카이의 장비를 향해 턱을 까딱였다.

"결투장은 그냥 심심해서 한 번 와봤나 봐? 장비에 투자를 전혀 안 했네."

그 말에 슬쩍 고개를 내린 카이는 자신의 검과 방어구를 쳐다보았다.

혹시라도 자신의 무구를 쓰면 들킬까 봐, 입고 있는 모든 장비는 경매장에서 대충 구입한 허접한 장비였다.

'솔직히 나한테 많이 불리한 무대지.'

왜냐하면 결투장에서는 어느 정도의 스탯 보정까지 이루어지니까.

고레벨 유저가 스탯 빨로 손쉽게 이기는 것을 방지하기 위함이었다.

'진짜 많이 떨어졌잖아.'

상태창을 확인한 카이가 어깨를 으쓱거렸다.

아마 현재 자신의 스탯은 루크라는 녀석보다 조금 더 높은 수준일 것이다. 그것으로 루크의 레벨 또한 유추해낼 수 있었다.

'녀석의 레벨은 280 정도. 나랑 거의 두 배 차이네.'

물론 떨어진 능력치는 결투장을 나서면 고스란히 복구될 테니 걱정할 필요는 없다.

스릉.

초속의 검사 루크는 검 손잡이를 살짝 쥐더니, 입을 열었다.

"너, 데뷔전부터 나를 만나다니 운이 나쁘구나. 하지만 결투장에선 대진 운 또한 중요하다고."

"……."

카이는 굳이 대꾸하지 않았다.

"하긴, 결투장을 장난삼아 방문한 녀석에게 충고를 건네다니. 나도 참 무르구나."

멋들어진 미소를 지어 보인 루크가 검을 뽑았다.

촤아아아아아악!

루크의 검은 순식간에 춤을 췄다. 마치 벚꽃이 흩날리는 것처럼 변화무쌍한 움직임을 주던 그의 검은 무려 여덟 방향에서 카이의 전신을 압박했다.

'나 자신을 지우고……'

카이는 루크의 검이 코앞까지 당도할 때까지 움직이지 않았다.

'나를 상대방으로 채운다.'

파아아앗!

평범한 철검이 빛살과 같은 속도로 튀어나왔다. 놀랍게도 카이가 휘두른 검은 약간이지만 루크의 검술을 닮아 있었다.

'크윽, 이거 생각보다 훨씬 어렵잖아.'

안타까운 점이 있다면 카이가 천재는 아니라는 점. 때문에 그가 열심히 루크의 검술을 모방하려고 해도, 완벽하게 따라하지는 못했다는 부분이었다.

'평소에는 이런 짓도 안 할 텐데.'

그냥 압도적인 스탯으로 밀어붙이면 루크 따위는 1초 만에 게임 오버시켜 버릴 수 있기 때문이다.

"……뭐야, 너 설마 지금 내 검술을?"

가장 먼저 이상함을 느낀 것은, 당연히 카이와 검을 나누고 있는 루크였다.

그는 카이의 어설픈 검술을 처음에는 비웃었지만, 그것이 자신의 검을 닮아 있다는 것을 깨닫자 순수하게 분노했다.

"감히 날 능욕하는 거냐!"

"아니, 그게 아니고……."

루크의 검이 더욱더 빨라졌다.

그에 맞춰 카이도 검을 한 박자 더 빠르게 휘두를 수밖에 없었다. 초속의 검사 두 명이서 서로의 급소를 노리는 장면은 당연히 화려했다.

"오오오오오!"

"저 녀석, 지금 설마 루크의 검술을 모방하고 있는 건가?"

"뭐야, 화장실 갔다 왔는데 이게 무슨 허니 빅 꿀잼 경기야?!"

관중들은 볼거리를 좋아한다. 그들의 입장에서 루크와 베니쉬의 결투는 예상 이상으로 볼거리가 풍부했다.

파밧, 팟! 파바밧!

루크와 카이, 서로의 몸에 생채기가 늘어갔다. 일반인들이 볼 때는 정말 박빙의 승부가 아닐 수 없었다.

하지만 당사자들, 그리고 싸움을 좀 볼 줄 아는 자들은 달리 생각했다.

'이, 이 녀석…… 대체 뭐지?'

'베니쉬라고 했나? 신기한 녀석이군.'

'아무리 모방했다고는 하나 검술 실력은 형편없어. 그런데…….'

'정확하게 루크의 급소만 찌르고 있다. 심지어 자신은 별 타

격 없는 부위에만 피격을 허용하고 있어.'

'전형적인 살을 내어주고 뼈를 깎는 타입.'

시간이 갈수록 루크의 움직임은 느려졌다.

허나 카이는 달랐다. 그는 처음부터 끝까지, 한결같은 페이스로 루크를 압박해 나갔다.

"허억, 허억……."

서로 미친 듯이 검을 휘두른 것이 13분. 마침내 정신이 한계치까지 몰린 루크의 검끝이 살짝 흔들렸다.

카이는 그때를 놓치지 않았다.

'여기서 끝낸다.'

자신의 기술이 아닌 루크의 기술로.

촤아아아악!

루크는 순식간에 여덟 방향에서 쏟아지는 검을 막아내지 못했다. 그의 몸에서 피어오른 여덟 개의 피 분수가 경기의 끝을 알렸다.

쿠웅!

생명력이 바닥이 된 루크는 폴리곤이 되어 사라졌다. 물론 결투장에서 죽는 건 게임 오버 취급이 되지 않았기에, 대기실로 이동되었을 것이다.

"스, 승자. 베니쉬! 랭크 포인트 542점!"

"……우오오오오오!"

"화끈하다!"

"언노운 대가리! 네가 2%의 벽을 깨는구나!"

"베니쉬! 베니쉬!"

카이는 자신의 이름을 연호하는 관중들을 뒤로한 채, 대기실로 향하는 복도에 들어섰다.

후이 관장이 했던 말, 아주 약간이지만 알 것 같다.

결투장. 네가 그곳에서 싸우게 될 모든 상대가 너의 스승이 될 것이다. 그들의 기술과 생각, 전투 방법을 모두 훔쳐라. 너 자신의 냄새가 옅어질 때까지. 상대방이 너를 직시하면서도 다른 이를 떠올릴 수밖에 없을 때까지 말이다.

카이가 검을 쥔 뒤 처음으로 여명의 검법이 아닌, 다른 검술로 승리를 거둔 순간이었다.

결투장이 위치한 섬에서 챔피언이 지니는 권력은 막강하다. 챔피언이라는 타이틀에는 그저 명성만 따라오는 것이 아니기 때문이다.

실제로 캐서린은 섬의 모든 시설을 '챔피언'이라는 이름 하나만으로 이용하며 여왕처럼 군림하고 있었다. 섬과 바다가 한눈에 들어오는 챔피언 전용의 최고급 리조트도 그 혜택 중 하나였다.

"후아, 후웁하아."

캐서린은 바다가 내려다보이는 운동장 크기의 테라스에서 요가를 하는 중이었다.

그때 누군가가 테라스로 들어와 그녀에게 다가왔다.

리미트리스 길드의 부마스터, 리로드였다.

"마스터. 새로운 소식입니다."

"지금 나 요가하는 거 안 보여?"

"아, 죄송합니다. 나마스테."

"흐힝. 나마스떼."

최근 인도식 인사에 재미가 들린 캐서린은 그제야 대꾸를 해주었다.

"그런데 소식이라니, 뭔데?"

"언노운……."

"캭! 내 이런 날이 올 줄 알았지! 그 새끼가 드디어 결투장에 발을 디밀었구나!"

고양이 자세를 취하고 있던 캐서린이 고개를 번쩍 들며 암고양이처럼 갸르릉거렸다.

"아뇨. 그냥 언노운 투구를 쓴 유저, 베니쉬에 관한 소문입니다만?"

"아 뭐야, 꺼져. 너 기레기냐."

무안해진 캐서린은 괜히 퉁명스럽게 쏘아붙이며 이번엔 코브라 자세를 취했다.

하지만 리로드는 묵묵히 자신의 할 일을 마쳤다.

"녀석은 데뷔전에서 초속의 검사, 루크를 쓰러뜨렸습니다. 심지어 상대했던 적들의 특징을 그대로 따라 하는 것으로 최근 상승세를 타고 있는데, 루크전 이후로······."

"잠깐만, 초속의 검사 루크?"

캐서린이 두 눈을 동그랗게 뜨며 되물었다.

"이상하다. 나 랭커는 다 기억하고 있거든. 근데 그게 누구였더라?"

"랭크 포인트 800점대 루키였습니다만, 현재는 700점대로 강등······."

파악! 인상을 구긴 캐서린이 성질을 냈다.

"아나, 내가 그런 하찮은 것들 소식까지 일일이 들어야 돼? 처맞기 전에 꺼져라."

똘끼 가득한 마스터를 오랜 시간 모신 리로드에겐 욕먹는 것이 일상. 그는 태연스럽게 어깨를 으쓱거렸다.

"경기를 몇 번 직관했는데 재미있더군요. 벌써 8연승. 이유는 모르겠지만 랭크 포인트가 2~300점 이상 차이 나는 강자들이랑만 골라서 매칭되고 있습니다."

"안 꺼지지? 숫자 센다. 10, 9, 8……."

숨까지 참은 리로드가 뒤로 물러나며 속사포처럼 말을 쏟아냈다.

"현재 베니쉬의 랭크 포인트는 1,441점! 이 기세라면 마스터의 기록을 깨고 최단 기간 1,500점이라는 업적을 갱신할지도 모르……."

"7, 2, 1!"

순식간에 숫자 몇 개를 건너뛴 캐서린은 코브라처럼 튀어오르며 리로드의 옆구리에 드롭킥을 먹였다.

"크아아악! 왜, 왜 갑자기 숫자를 건너뛰시는 겁니까!"

리로드가 욱씬거리는 옆구리를 문지르며 원망 어린 눈빛을 보냈다.

"숫자 센다고 했지. 10초 센다고는 안 했거든?"

후우우!

입김을 불어 앞머리를 날린 캐서린은 리로드가 들고 있던 보고서를 빼앗듯이 낚아챘다. 이러니저러니 해도, 리로드를 제법 믿고 있던 캐서린은 보고서를 열심히 읽었다.

"응?"

그러던 캐서린이 잠시 후 고개를 갸웃거렸다.

"뭐야, 이 녀석 점수를 1,400점까지 올리면서 자신의 스킬은 단 하나도 공개하지 않았다고?"

"네…… 전부 상대방을 카피해서 싸우는 중입니다."

"상대방이 검을 안 드는 유저라면?"

"그래도 검으로 기술적 특징을 모두 재현해 냅니다."

"어머나, 신선한 또라이잖아? 아이 라잌 힘. 나 관심이 좀 생길라 그래."

"오늘 오후에 방파제의 드록과 경기가 잡혀 있습니다. 보러 가시겠습니까?"

"그러자 그럼. 근데 방파제의 드록은 또 뭐하는 새끼래?"

결투장에서 활약을 하는 유저들에게는, 관중들이 나름대로 닉네임을 지어준다. 예를 들어 캐서린 같은 경우는 무패의 여제가 닉네임이다. 루크 같은 경우는 초속의 검사였고.

"그게…… 예전에 수속성 마법만 사용하는 마법사랑 대결하다가, 해일처럼 밀려오는 마법들을 모두 막아내서…… 그게 인상 깊었는지 방파제라는 닉네임이 붙었습니다."

"뭐야. 닉네임…… 구려."

동정심을 느낀 캐서린의 양쪽 눈매가 살짝 처졌다.

그것도 잠시, 궁금증이 일어난 캐서린이 물었다.

"그럼 그 언노운 대가리 닉네임은 뭔데?"

"아, 그게 말입니다……."

리로드가 굉장히 난감한 표정을 지었다.

"나왔다! 카피닌자 베니쉬!"

"또또 저 구린 닉네임 밀어붙인다. 쟤가 어딜 봐서 닌자야? 저 녀석은 언노운 주니어라니까?"

"이런 상상력 빈곤한 새끼들. 너네는 자식 낳으면 꼭 철학관 찾아가서 이름 지어라. 1,400점까지 올리면서 한 번도 패배하지 않았으니 무패의 베니쉬가 딱이지."

"그건 캐서린처럼 챔피언 타이틀 찍고 나서야 받는 닉네임이고."

"캐서린도 무패라고 불린 건 1,200점대부터거든? 챔피언 타이틀 따고 나서부터 여제라 불린 거고. 심지어 베니쉬는 아직 자신의 진짜 실력은 내보이지도 않았지."

"진짜 실력은 무슨. 실력이 없으니까 남이나 모방하는 거겠지."

베니쉬가 결투장에 모습을 드러낸 지 닷새. 그는 이미 결투장에서 가장 핫한 선수 중 한 명이 되어 있었다.

그 증거 또한 명확했다.

"베니쉬! 베니쉬!"

"9연승 가즈아아아!"

"형! 날 가져요!"

베니쉬가 경기를 뛰는 날이면 비어 있던 관중석도 만석이 되었으니까.

길을 지나가는 사람을 아무나 붙잡고 최근 랭크 매치에서 가장 핫한 루키가 누구냐고 묻는다면, 백이면 백 베니쉬의 이름을 입에 담을 정도였다.

"크으, 부럽다. 고작 닷새 만에 저 정도 인기라니……."

"난 결투장 데뷔한 지 석 달이 지났어도 닉네임이 없는데, 쟤는 닉네임 후보만 열 개가 넘네."

"배당률도 2,000점 이상 랭커들과 비슷한 수준이야. 내 배당률은 30배 가까이 되는데…… 내가 이길 거라고는 아무도 생각 안 하거든."

"이렇게 떡상할 줄 알았으면 첫날 그렇게 비웃지 않는 건데……."

랭크 매치에서 활동 중인 유저들마저 베니쉬를 부러워했다.

하지만 정작 카이의 정신은 다른 곳에 있었다.

'이번엔 세 번째 경기에서 배웠던 환영검이랑 루크의 매화검을 섞어볼까? 연습할 땐 조합이 꽤 좋았는데.'

바로 스스로의 기술을 갈고 닦는 데 푹 빠진 것이다.

카이가 결투장에서 데뷔한 날부터 닷새가 지났다.

그동안 치른 경기는 총 여덟. 그 말은 카이가 여덟 개의 특징을 고스란히 흡수했다는 뜻이었다.

물론 천재가 아닌 카이는 상대방의 기술을 본다고 즉시 따라 할 순 없었다.

하지만 경기가 진행될수록, 그리고 시간이 지날수록. 카이는 자신이 보았던, 그리고 직접 상대했던 선수들의 특징을 점점 자연스럽게 구사하기 시작했다.

관객들이 베니쉬라는 존재에 열광하는 이유도 거기에 있었다. 경기가 진행될수록 성장을 하니까. 그게 눈에 보이니까.

물론 그 정도의 고속 성장이 가능했던 이유는 오직 하나뿐이었다.

"어우. 확실히 잠을 못 자니 조금 피곤하기는 하네."

바로 노력이었다. 그것도 잠을 줄이고, 깨 있는 시간 모두를 기술 연마에만 투자할 정도의 엄청난 집중력이 가미된 노력이었다.

눈을 뜨는 순간부터 시작해서, 밥을 먹을 때나 샤워를 할 때, 심지어는 화장실에서 볼일을 보는 순간까지 고민하고, 또 고민했다. 그러한 노력은 게임에서까지 이어졌다.

"저 독종……."

"트레이닝룸에서 아예 안 나오는 것 같은데? 밥도 저 안에서 먹는 것 같고."

"나 원, 범재는 저 정도로 독해야 슈퍼 루키 소리를 들을 수 있는 건가."

물론 아무런 보상이 없었다면 카이도 이 생활을 유지하지 못했을 것이다. 하지만 있었다. 카이로 하여금 이런 미친 생활을 유지하게 할 보상이.

"저번에는 라이스의 세로 베기와 하로로의 홀리기 기술을 섞었지?"

"진짜 명장면이었지. 검을 시계 방향으로 돌리며 상대방의 검을 흘리는 것과 동시에 이루어지는 세로 베기. 그건 예술이었어."

"오늘은 또 무슨 기술을 보여줄까?"

하루가 다르게 성장하는 그의 실력이야말로 최고의 보상이었다. 베니쉬의 경기는 늘 새롭고, 짜릿하고, 최고다!

카이는 그러한 인식을 관중들의 머릿속에 단단히 박아놓았다.

"베니쉬! 베니쉬!"

카이가 무대 위로 올라오자 관중들이 그 이름을 연호했다.

대충 손을 한 번 흔들어주자 함성 소리가 더욱 커진다.

그때 사회자가 올라와서 양 선수를 소개했다.

"방파제의 드록! 랭크 포인트 1,629점! 철벽같은 방어로 승률 67%를 자랑하는 결투장의 베테랑!"

"베니쉬! 결투장의 새로운 신성! 랭크 포인트 1,441점으로 특기는 모방!"

투견들의 소개가 끝났고 싸움이 시작됐다.

"흐아암. 졸려 돌아가시겠네."

챔피언 전용 관람석에 앉아 있던 캐서린이 늘어지게 하품했다. 그녀는 늘씬한 다리를 들어 발가락으로 리로드의 옆구리를 쿡쿡 찔렀다.

"야, 어떻게 된 거야. 슈퍼 루키니 뭐니 하더니 경기 노잼이잖아."

"조금만 인내하고 기다리세요. 베니쉬의 경기는 길게 봐야합니다. 그래야 경기가 맛있어집니다."

"김치야 뭐야."

투덜거리는 캐서린을 가볍게 진정시킨 리로드는 고개를 돌려 경기장을 내려다보았다.

캐서린을 등진 그의 얼굴에는 감출 수 없는 희열이 떠오른 상태였다.

'베니쉬의 이전 경기를 모두 챙겨 보지 않은 이들이라면 모르겠지.'

아니, 모두 챙겨 본 이들이라고 해도 눈썰미가 부족하다면 모를 것이다. 경기 시작부터 지금까지, 베니쉬는 결투장에서 '모방'한 기술들만 사용하고 있다는 것을.

그것만으로도 큰 즐거움인데, 진짜는 또 따로 남아 있었다.

'이제 슬슬 시작하겠는걸.'

경기가 30분을 넘어가고 있었다. 생각대로라면 이제 곧 시작될 터.

아니나 다를까, 입질이 왔다.

"어, 어어?"

방파제의 드록. 그는 상대방의 모든 공격을 팅겨내는 수비의 스페셜 리스트다. 그런 그의 방패술을 30분 동안 관찰하던 카이가 움직이기 시작했다.

"이, 이게 도대체?"

드록의 얼굴이 당황으로 물들었다. 그는 왼손에 방패를, 오른손에는 자동으로 장전되는 유니크 쇠뇌를 장비한 독특한 전사였다.

그의 전투 패턴은 간단했다. 상대방이 공격하면 왼손의 방패를 들어 막고, 곧장 오른손의 쇠뇌를 발사해 공격했다.

실제로 지난 30분 동안 그 전투법은 베니쉬를 끈질기게 괴롭혔다. 드록은 이대로 시간이 흐르면 판정승으로 자신이 이길 것이라 믿었다.

그런데 경기의 양상이 달라졌다.

팅!

처음에는 우연인 줄, 정말 운 좋게 얻어걸린 줄 알았다.

하지만······.

팅, 티팅! 팅!

우연이 한 번, 두 번······ 그리고 정확히 다섯 번을 넘어갔을 때.

"와아아아아아아!"

"미쳤다, 이게 고작 1,400점의 실력이라고?"

"베니쉬! 위로 올라가라! 내가 봤을 때 넌 2,500점까진 거뜬해!"

관중들은 열광했다.

"후웁!"

그도 그럴 것이 드록의 방패술을 훔쳐낸 베니쉬는 얇은 검 한 자루로 날아드는 화살을 쉴 새 없이 튕겨내는 중이었으니까.

소드 패링. 검을 마치 방패처럼 사용하며 상대의 공격을 튕겨내거나 흘리는 고급 기술이 경기장에 등장한 순간이었다.

"……헤에?"

다리를 꼬고 앉아 있던 캐서린마저 다리를 풀고, 상체를 앞으로 숙이며 관심을 드러냈다.

"리로드. 쟤 이름이 뭐라고?"

캐서린이 그 질문을 던졌을 때, 리로드는 확신했다.

'마스터의 다음 상대는 정해졌군.'

그녀에게 저 질문을 받았던 자들은, 한 명도 빠짐없이 2,500점의 고지에 도달했었으니까.

104장
사천왕

　드록과의 경기를 끝낸 카이는 승리의 여운을 느낄 새도 없이 트레이닝룸으로 향했다. 지금의 감각을 잊어버리기 전에, 검을 계속 휘두르면서 몸이 기억하게 만들 생각이었다.

　그런 카이의 시야로 트레이닝룸 입구에 말끔한 정장을 입고 서 있는 남자 하나가 들어왔다.

　'왠지 나한테 말 걸 것 같은데.'

　그 예상은 적중했다.

　카이가 트레이닝룸으로 들어서려고 하자, 그가 앞을 가로막았다.

　"베니쉬 님. 기다리고 있었습니다. 잠시 시간 좀 내주실 수 있으십니까."

　카이는 웃는 얼굴로 말하는 남자를 가만히 쳐다보더니 입을 열었다.

"길드 가입 권유라면 사양입니다."

이런 식으로 스카웃 제의를 받은 게 벌써 한두 번이 아니었다. 아무리 미드 온라인의 주 콘텐츠가 사냥과 퀘스트라지만, 결투장 또한 파이가 큰 콘텐츠다. 베니쉬는 그곳에서 떠오르는 슈퍼 신인이니 제법 덩치가 큰 길드에서도 관심이 갈 수밖에.

제2의 리미트리스 길드를 꿈꾸는 그들은 베니쉬를 영입하기 위해 온갖 달콤한 조건을 제시했다.

물론 모두 일언지하에 거절했다.

'이 사람들아. 그 조건들의 10배를 제시해도 가입할 생각이 없네요.'

자신의 돈과 명성에 비하면 새 발의 피나 다름없는 수준이었으니까.

'그렇게 거절을 해대는 데도 정말 끊이지를 않네.'

이제는 귀찮다는 것을 넘어, 짜증이 날 정도였다.

실제로 카이가 트레이닝룸에 틀어박혀 나오지 않는 이유 중 하나는, 끈덕지게 달라붙는 길드 스카우터들 때문이기도 했다.

"그러니까 비켜주시죠."

"아, 이런 오해를…… 전 이런 사람입니다."

정장의 남성이 품속에서 명함을 하나 꺼내 카이에게 건넸다.

의심스러운 눈초리로 명함을 받아들자, 그곳에는 의외의 정보가 쓰여 있었다.

[결투장 관리인, 라딘]

"결투장 관리인……?"

그들은 모두 NPC로 이루어져 있었으며, 말 그대로 결투장의 모든 것을 관리하는 존재들이었다.

"예. 인사가 늦었습니다."

"결투장 관리인이 왜 저를?"

우선 그가 길드 스카우터가 아니라는 것을 알게 된 것만으로도 카이의 목소리는 한층 부드러워졌다.

이에 라딘 또한 활짝 웃으며 대꾸했다.

"우선 이야기를 나눌 만한 곳으로 모시겠습니다."

손가락을 튕겨 포탈을 만든 라딘은 그곳으로 들어갔다.

그를 따라 포탈로 들어서자, 고급 호텔의 스위트룸을 연상케 하는 넓은 방이 나왔다.

"앉으시지요."

푹신한 소파에 앉자, 라딘이 입을 열었다.

"단도직입적으로 말씀드리겠습니다. 관리자들끼리 내부 회의를 거친 결과, 베니쉬 님에게 조금 더 큰 혜택을 드려도 될 것 같다는 결정이 내려졌습니다."

"더 큰 혜택이라뇨?"

카이가 눈을 깜빡였다.

결투장에서 스스로를 입증할 수 있는 수단은 랭크 포인트가 전부다. 랭크 포인트가 높아지면 대기실이나 숙소, 트레이닝룸의 퀄리티가 높아진다. 뿐만 아니라 입에 들어가는 음식조차 더 고급스러워진다. 대놓고 말은 안 하지만, 부러우면 랭크 포인트를 높이라고 은근히 종용하는 것이다.

그래서 더 갑작스럽게 느껴졌다.

'나는 분명히 1,000점을 넘겼을 때 이미 등급이 한 번 올랐는데?'

카이가 알기로는 1,000점 단위로 대우가 확 달라진다.

우선 전체 비율의 90%를 차지하는 1~1,000점의 선수들. 이들은 아무리 실력이 뛰어나도 결코 루키 취급을 벗어날 수 없다.

대우 자체는 나쁘지 않다. 삼시세끼 밥을 주고, 잘 곳도 제공해 주니까. 물론 그 환경이 좋다고 말할 수 없었다. 모르는 사람 수십과 같은 방을 쓰는 것이 편할 리는 없으니까.

하지만 그러한 고생은 1,000점의 세계에 들어서는 순간 막을 내린다.

PVP를 관람하러 결투장을 찾는 관중들도 수준 높은 싸움을 보는 것을 원하지, 허접들이 투닥거리는 것을 보는 걸 원하는 게 아니기 때문이다.

즉, 결투장의 주 수입원은 모두 랭크 포인트 1,000점 이상의 선수들이 만들어낸다는 뜻.

때문에 그들은 경기를 치를 때마다 결투장으로부터 소정의 파이트머니를 받는다. 이것이 사냥을 등지고 결투장에만 목숨을 거는 유저들이 존재하는 이유였다.

랭크 포인트를 1,000점 이상만 유지해도, 월 3~400만 원 정도는 손에 쥘 수 있으니까.

잠시 생각을 하던 카이가 입을 열었다.

"뭔가 착오가 있으신 것 같습니다. 전 이제 겨우 랭크 포인트 1,500점이고. 혜택 상승은 이미 1,000점을 돌파했을 때 한 번 받았습니다만."

그 말에 라딘이 빙그레 미소를 지었다.

"겸손하시군요. 물론 저희도 알고 있습니다. 이번에 조금 더 큰 혜택을 드린다고 한 건, 당연히 그 위의 혜택입니다."

"그 위의 혜택이라면……?"

"저희 관리인들은 베니쉬 님이 최소 2,000점 이상의 선수가 될 것을 확신합니다. 그도 그럴 것이 닷새 만에 1,500점을 찍은 선수는 결투장 역사상 베니쉬 님이 최초니까요. 이건 굉장한 업적입니다. 무패의 여제조차 1,500점을 달성하는 데 일주일이 걸렸지요."

"그럼 지금 저에게 2,000점 선수들이 누리는 혜택을 주겠다. 이 소리입니까?"

"맞습니다."

라딘이 오묘한 미소를 지었다.

그 미소는 카이를 더욱더 헷갈리게 만들었다.

"잘 이해되지 않는군요. 저에게 혜택을 준다고 결투장에 무슨 이득이 남습니까?"

"가장 큰 것은 홍보 효과이지요. 우리 결투장에 무패의 여제조차 이루지 못한 업적을 달성한 루키가 나왔다. 다들 결투장에 와서 돈을 써라…… 결론부터 말씀드리자면, 저희는 베니쉬 님을 적극적으로 홍보할 겁니다."

"잠깐만요. 지금 하시는 말씀은……."

대놓고 자신과 무패의 여제. 즉 캐서린의 라이벌 구도를 만들겠다는 말 아닌가.

라딘도 이를 부정하지는 않았다.

"베니쉬 님. 결투장은 결국 쇼 엔터테인먼트입니다. 저희는 관중들이 찾아와야 돈을 벌 수 있는 구조이지요. 선수들의 파이트머니도 당연히 관중들에게서 나옵니다. 그러니 더욱 많은 관중들을 유치하기 위한 방법을 매일 같이 고민합니다."

"그 고민의 결과가 저라는 겁니까?"

"예."

흐음, 카이는 잠시 고민했다.

"여기서 혜택이 올라가면 무엇이 달라집니까?"

"우선 이 방입니다."

라딘이 양팔을 벌리며 말했다.

"현재 베니쉬 님은 2인실을 쓰시잖습니까? 물론 결투장에서 잠을 주무시지 않으니 소용은 없는 듯하지만요. 아무튼, 이 방을 드릴 겁니다. 혼자 사용하시면 됩니다."

"흐음."

한참 부족하다. 솔직히 자신이 푹 쉬는 것을 원한다면, 귀찮긴 해도 영지의 저택으로 돌아가면 그만이었으니까.

"다음은 식사입니다. 일류 셰프가 식사 시간마다 베니쉬 님이 원하는 음식을 만들어 줄 겁니다."

"그리고요?"

"트레이닝룸. 다른 사람의 시선을 신경 쓸 필요 없는 개인 트레이닝룸이 제공될 겁니다. 그 어떤 간섭도 받지 않고 자유롭게 훈련하실 수 있지요."

이건 확실히 구미가 좀 당겼다. 안 그래도 훈련을 하고 있으면 따가운 시선들이 느껴져 집중이 끊긴 적이 한두 번이 아니었으니까.

"하지만 가장 큰 혜택은…… 역시 지명권이지요."

"지명권이요?"

"예. 아시다시피 랭크 매치의 경기 상대는 랜덤으로 결정됩니다. 하지만 2,000점을 넘긴 선수들은 자신의 상대를 지명할 수 있습니다."

"호오."

카이가 눈을 빛냈다. 한 마디로, 자신이 무언가를 배우고 싶은 상대를 고를 수 있다는 소리 아닌가.

"경기 상대로 지명할 수 있는 대상은 자신의 점수에서 위아래로 500점까지입니다."

잠시 고민을 하던 카이는 천천히 고개를 끄덕였다.

"제가 결투장 측에 얽매이는 건 하나도 없는 것 맞습니까?"

"예. 그저 홍보만 하게 허락해 주시면 됩니다."

"좋습니다. 하지요."

카이는 라딘과 굳은 악수를 나누었다.

"확실히 좋긴 좋네. 사람이 이래서 출세를 해야 돼."

결투장에 고작 네 명만이 존재한다는 2,000점대의 선수들. 그들에게만 제공되는 개인 트레이닝룸은 확실히 좋았다. 최신식 설비는 물론이고, 혼자 사용함에도 불구하고 공용 트레이닝룸보다 더 넓었다.

카이는 트레이닝의 중앙에 자리를 잡고 앉았다. 그리고 눈을 감고 드록과의 전투를 복기하며 이미지 트레이닝을 했다.

"후우."

이미지 트레이닝이 끝나면 자신의 경기 동영상을 재생했다. 자신이 직접 경기할 때 느낀 상황과, 이렇게 제3자의 눈으로 보는 것은 확연히 달랐다.

"아, 저 때 화살이 다른 때보다 더 빨리 나왔다 했더니…… 방패 올리면서부터 준비 들어갔었구나."

"환검과 매화검을 섞은 기술은…… 전용 스킬이 없어서 그냥 눈대중으로 따라하는 것뿐이지만 효과는 제법 좋네."

"쓰읍. 저기선 현란한 쾌검이 아니라 무거운 중검을 사용해서 가드를 한 방에 뚫어버렸어야 했네. 그랬다면 드록이 저렇게 석궁을 미친 듯이 쏘지 못했겠지."

영상을 보고, 필기하고, 그것을 외운 뒤 자리에서 일어나 검을 잡는다. 그 상태에서 자신이 새롭게 익힌 점을 의식하며 검을 휘두른다.

카이는 흐르는 시간조차 잊은 채 그런 훈련을 이어나갔다.

[고급 여명의 검법 스킬의 숙련도가 소폭 상승했습니다.]

[어깨 관절이 살짝 유연해집니다. 검을 더 부드럽게 휘두를 수 있습니다.]

그야말로 폭풍 성장의 시간이었다.

현재 세계 8대 길드의 위상은 민들레와 다를 바 없었다. 얼핏 보면 제법 거대해 보이지만, 입김만 후 불어도 홀쭉해지는 거품이라는 뜻이다. 실제로 말만 세계 8대 길드지, 그들을 유명무실해진 과거의 유산이라 생각하는 유저들도 많았다.

사실 검은 벌이 몰락했을 때만 해도 인식이 이렇지는 않았다. 왜냐하면 천화라는 존재가 그들의 빈자리를 훌륭하게 채웠으니까.

하지만 타이탄 길드가 무너지는 것을 기점으로 세계 10대 길드는 삐걱거리기 시작했다. 타이탄의 빈자리를 차지하려는 길드는 많았지만, 그들은 뚜렷한 실적이나 성과를 내보이지 못한 상태였다.

오히려 저들끼리 경쟁을 하며 제 살 깎아 먹기를 반복.

결국 세계 10대 길드 중 한 자리는 공석으로 굳혀져 세계 9대 길드라 불리기 시작했다.

과거의 영광을 되찾느냐, 아니면 한없이 추락하느냐. 선택의 기로에 놓인 상황에서, 뜬금없이 니혼이치 길드가 자멸했다.

세계 10대 길드 시절부터 뚜렷한 실적을 보여주지 못해 꾸준한 의심을 받던 그들이, 무리해서 자탄 레이드를 시도하다가 대패한 것이다.

니혼이치의 이름은 땅에 떨어졌고, 회생은 불가능했다. 이미 대중들은 그들이 세계적인 길드에 어울리지 않는다고 생각했으니까.

결국 사람들은 세계 8대 길드라는 단어를 사용하기 시작했다.

그때부터였다. 사람들이 세계 8대 길드라는 말을 쓰면서도, 그 단어에 큰 의미를 부여하지 않게 된 것은.

-게네는 말만 세계 8대 길드지, 카이한테 걸리면 죄다 털릴걸?
└제가 뉴비라서 몰라서 그런데, 그래도 개인이 길드한테는 안 되지 않나요?
└그런데 짜잔. 절대라는 건 없더군요. 실제로 세계 10대 길드였던 검은 별과 타이탄 길드는 카이, 단 한 사람의 손에 찢어졌습니다.

사람들은 세계 8대 길드보다 카이를 더 높이 평가했다.

하지만 그 와중에도, 유저들의 공포로 군림하는 길드가 단 한 곳 있었다. 바로 세계 10대 길드 시절부터 조용히 활동하던 신비 길드, 적색여명회가 그 주인공이었다.

소수 정예를 추구하는 적색여명회에 대해 알려진 바는 크게 없다. 회원 수가 21명이라는 것 외의 모든 정보는 비밀이었으니까.

그런 이들이 세계 10대 자리를 차지했던 이유는 단 하나뿐이었다.

적색여명회에 의뢰하면, 대상은 죽는다. 그게 설령 랭킹 1위라고 해도.

현재까지 여명회의 암살 의뢰 실패율은 0%. 실제로 초창기 시절 랭킹 1위였던 유저들도 여럿 죽였다. 어찌 보면 유하린이 랭킹 1위를 차지하게 만들어준 은인이기도 했다.

그런 그들에게 새로운 의뢰가 들어왔다.

"부회장. 벌써 고민만 2주야. 저쪽에서도 슬슬 재촉하고, 결정 내려야 해. 언제까지 회장만 기다리고 있을래. 벌써 네 달 동안 잠수 중인데. 매번 그랬듯이 이거 반년은 간다니까."

"……."

부회장이라 불린 이는 띄워놓은 만 빤히 쳐다보며 말을 아꼈다. 그의 메시지 창에는 수천 개의 의뢰가 와 있었지만, 그가 지난 2주 동안 고민했던 의뢰는 단 하나뿐이었다.

의뢰자 : 골리앗과 스팅

의뢰 내용 : 랭킹 1위 카이의 무한 척살

보상 : 한 번 죽일 때마다 5만 골드.

난이도 : 측정 불가.

눈을 감은 부회장은 고민했다.

고민의 이유는 당연히 돈 때문이었다.

1골드면 한화로 10만 원. 10골드에 100만 원. 100골드에 천만 원…… 5만 골드면 50억이다.

그는 간만에 받은 초대형 의뢰에 2주라는 시간 동안 고민했다.

'이럴 때 회장이 있었어야…… 젠장.'

방랑벽이 심한 회장은 가끔씩 이렇게 아무 말도 안 하고 홀홀 떠나 연락조차 되지 않았다.

'회장을 제외한 전력으로 카이를 상대한다라……'

고민이 이어지기를 잠시.

탁.

돌연 자리에서 일어난 부회장은 걸어놨던 망토를 걸치며 말했다.

"받자."

"오케이~ 그럼 애들 몇 명이나 부를까?"

그 질문에, 부회장은 고민할 필요도 없다는 표정으로 중얼거렸다.

"싹 다 불러."

현재 결투장에는 랭크 포인트가 2,000점대인 선수가 딱 네 명 있었다. 각자 수십만 대 1의 경쟁률을 뚫은 이들로, 별명 또한 독특했다.

광란의 네스트, 정숙의 세이리, 정령술사 케인, 무색(無色)의 자칼.

사람들은 이들을 합쳐 결투장의 사천왕이라 불렀다. 그만큼 개개인이 대단한 업적이나 경기를 보여준 이들이었으니까.

때문에 사람들은 의문을 가졌다.

"아니, 그 대단한 사천왕들은 왜 캐서린한테 도전하지 않는 거야?"

"그러게. 사천왕들 경기하는 거 보면 진짜 강한데……"

"쫄아서 그런 거 아니야? 자칼 빼고는 전부 캐서린한테 깨졌잖아."

왜 사천왕들이 그녀에게 도전하지 않는지에 대해서.

이러한 질문이 나올 때마다, 결투장 전문가들은 입을 모아 말했다.

"아니, 그것보다는 리스크가 너무 커서 그래."

흠잡을 데 없는 정답이었다. 사실 결투장 역사상 2,000점을 찍어본 선수들은 꽤 많았다. 모두 합치면 수백 명은 가뿐히 넘어갈 정도였으니까.

심지어 2,000점의 세계는 대진운이 좋다는 이유만으로는 도달할 수도 없는 곳이다. 한마디로 그 수백 명의 선수 모두 실력만큼은 확실했다는 소리.

헌데 그렇게 한가락 하는 선수들조차 점수를 유지하지 못하고 나가떨어진 곳이 마의 2,000점 구간이다.

그 이유는 허무할 만큼 단순했다.

"너, 왜 2,000점 선수의 경기 일정이 잡힐 때마다 난리가 나는지 알아?"

"음. 그야 게네들 경기가 재미있어서 그런 거 아니야?"

"그것도 맞는 말이지. 하지만 더욱 중요한 건……."

"그 녀석들은 치르는 경기 하나하나가 전부 데스매치라는 점이지."

"응? 그게 무슨 소리야?"

"2,000점이든, 2,499점이든. 게네는 한 번 지면 랭크 포인트가 1,000점 후반까지 쭉 떨어져. 경기 하나하나가 외나무다리를 건너는 것처럼 위태롭다고."

단 한 번의 패배도 용납해선 안 된다는 것. 그것이 바로 2,000이라는 점수를 짊어진 선수들의 숙명이었다.

"그게 최근 몇 달 동안 캐서린이 경기를 못 하는 이유이기도 하지."

"지금 캐서린이 3,000포인트잖아. 그녀에게 도전하거나, 지명을 받기 위해선 최소 2,500포인트를 모아야돼."

"그런데 한 번만 져도 1,000점 후반까지 떨어지는 절망적인 시스템 속에서 어떻게 2,500을 찍냐고. 그게 문제지."

그것을 가능하게 만드는 방법은 단 하나밖에 없다.?

"무패 행진. 그게 유일한 답이지."

무패의 여제, 그녀와 같은 길을 걸어가는 방법뿐이다.

물론 말이 쉽다. 아니, 말로 해도 어려울 정도다. 어떤 종목이라고 해도, 한 번도 패배하지 않고 계속 승리한다는 건 힘들다. 하물며 찰나의 판단이나 실수 하나로 승패가 갈리는 결투장에서는 더더욱 그러했다.

그런 상황이었기에 더더욱 빛날 수밖에 없었다.

"간만에 제대로 된 물건이 들어왔어."

"이 녀석이라면 왠지 해낼 수 있을 것 같아."

"결투장 측에서도 제대로 밀어주던데? 게네가 여태 봐온 선수가 몇십만 명인데, 싹이 보이니까 저렇게 미친 듯이 홍보하는 거 아니겠어?"

베니쉬, 여태까지 무패의 기록을 이어가고 있는 찬란한 존재가 말이다.

"벌써 몇 연승이더라?"

"15연승."

"크흐, 500점으로 데뷔하던 뉴비 시절부터 지켜봤는데 언제

2,000점을 코앞에 두고 있다냐. 진짜 자랑스럽네."

"누가 들으면 네가 몇 년 동안 키운 줄 알겠다? 걔 데뷔한 지 고작 보름 됐거든?"

"크흠. 아무튼 어제 경기로 1,993점이 되었으니까…… 아니 잠깐만."

베니쉬의 점수를 확인한 몇몇 유저들은 불안함을 느꼈다.

"이제 사천왕 중 한 명한테 지명받을 정도로 포인트가 높아 졌는데?"

"에이…… 그래도 사천왕이라는 자존심이 있지. 설마 까마 득한 후배를 지명하겠어?"

"광란의 네스트. 그놈한테 자존심이란 게 있을 것 같아? 걘 재미있는 상대랑 싸울 수만 있으면 체면이나 자존심 같은 건 신경도 안 쓸걸."

"……듣고 보니 그러네. 그 녀석이라면 진짜 가능할지도."

관중들은 두려움에 떨며 아침마다 발표되는 지명 소식을 기다렸다. 그리고 그들의 예상은 적중했다.

"떠, 떴다! 진짜야! 진짜 베니쉬 지명 있다고!"

"뭐!? 진짜?!"

"내 이럴 줄 알았다! 네스트 그놈이지? 싸움에 미친놈!"

흥분과 안타까움을 토해낸 관중들은 소식을 물고 온 사내 를 쳐다봤다.

"어…… 어…… 상대가 네스트는 맞는데…… 그런데 그게……."

"뭔데 그래? 왜 그렇게 뜸을 들여?"

"답답해 미치겠네. 빨리 말 안 해?"

이어지는 재촉에, 사내는 자신이 알고 있던 소식을 널리 알렸다.

"이 경기…… 베니쉬가 먼저 지명한 거야."

베니쉬, 그는 사람들이 생각하던 것 이상의 또라이라는 사실을.

"뭐?"

근육질의 거한이 눈썹을 꿈틀거리며 물었다.

"지명입니다."

이에 거한은 굵은 손가락으로 자신을 가리키며 다시 한번 물었다.

"나 말인가? 나 네스트인데? 광란의 네스트."

질문에 답한 건 그의 전속 결투장 관리인이었다.

"예. 베니쉬 님께서 네스트 님을 지명하셨습니다. 현재 베니쉬 님의 랭크 포인트는 1,993점. 네스트 님은 2,484점이므로 지명 범위에 포함되십니다."

"……흐."

네스트가 활짝 웃으며 이를 드러냈다.

"재미있네. 너무 신선해서 순간 당황했어."

광란의 네스트. 그는 자신이 누군가를 지명해본 적은 숱하게 많았지만, 누군가에게 지명을 당해본 적은 이번이 처음이었다.

그야 선수들이 그를 기피하고 두려워했으니까.

그의 난폭하고 잔인한 손속은 확실히 관람할 때는 재미있다. 하지만 그의 상대가 되어 앞에 서라고 하면, 모두가 안색이 하얗게 질려 기권을 하기 일쑤였다.

"재미있네. 그 녀석이 요즘 슈퍼 루키라고 불린다는 녀석이지?"

"예."

"하. 안 그래도 2,000점까지 올라오면 한 번 상대해 볼까 생각하긴 했는데…… 기특하게도 먼저 싸움을 걸어주네."

몸이 근질거리기 시작한 네스트는 당장에라도 뛰어나가 싸우고 싶었다. 그는 천상 싸움꾼으로, 결투장은 자신을 위해 만들어진 존재가 아닐까 하고 항상 생각해 왔었다.

실제로 결투장이 없었다면, 그는 흉악한 PK범이 되어 도망자 신세를 면하지 못했을 것이다.

"좋아. 재미있겠어. 그 녀석을 이기면 내 포인트가 몇이 되지?"

"2,533점이 되십니다."

"잘됐군. 하룻강아지를 꺾고, 여제와 11번째 데이트를 하러

가야겠어."

이미 캐서린에게 10번이나 패배했던 네스트가 목을 돌렸다.

"경기는 언제지?"

"내일 정오입니다."

"하루라…… 몸풀기엔 딱이군. 그만 가봐."

손을 휘저어 관리인을 쫓아낸 네스트는 창밖을 바라봤다.

"베니쉬라. 생각보다 훨씬 남자다운 놈이었군. 내일 재미있겠어."

네스트는 그가 조금 마음에 들었다.

"팝콘 팔아요!"

"치킨 팝니다!"

"저는 팝콘 치킨 팝니다!"

먹거리를 파는 상인들이 경기장의 좌석 곳곳을 돌아다니며 호객행위를 했다.

"이거 맛있네."

"핫 뜨거, 흐어, 흐으어어어. 입천장 데이겠다."

"여기 맥주도 한 캔…… 아니, 두 캔 주세요!"

만석을 채운 것도 모자라 입석까지 꽉 들어찬 관중석은 시장 바닥처럼 시끄러웠다.

사람이 모이는 곳에선 대화가 나오게 마련. 관중석 곳곳에선 수많은 대화가 나왔지만, 주제는 대부분 같았다.

"오늘 대체 누가 이길까?"

"음……. 와, 솔직히 모르겠다. 이건 피타고라스가 와도 답이 없다고 할 걸."

"뭘 그렇게 고민해? 배당률만 봐도 답 나오잖아? 베니쉬가 1.5배, 네스트는 1.2배야. 더 많은 사람들이 네스트가 이길 거라는 데 걸었다고."

"하, 그럼 역배를 노리고 베니쉬한테 걸어볼까?"

"난 베니쉬한테 걸었어. 원래 결투장에선 이 기세라는 게 중요하거든. 지금 베니쉬는 15연승이라는 기세를 탔어. 이건 아무리 사천왕이라도 못 막아. 지금 이 분위기에 찬물을 끼얹으려고 하다가는 양동이 채 손이 타버릴걸?"

"와우, 당신의 풍부한 상상력에 박수를! 생각해 봐. 1,000점대에서 아무리 날고 기던 애들도 한 달을 채 못 버티는 게 2,000점들의 무대야. 사천왕은 그런 살벌한 곳에서 게임 시간으로 몇 년 동안 죽치고 있는 고인물이라고."

"그래서 네스트 승률이 100%냐? 그건 아니잖아."

"아니, 여기서 승률이 왜 나와?"

"베니쉬는 여태까지 승률이 100%였으니까."

"그거야 사천왕 같은 진짜 고수들을 만나기 전의 이야기고……."

당연히 쉽게 결론 날 리 없는 주제였다. 부먹, 찍먹에 대한 토론이 영원히 끝나지 않는 것처럼. 관중들의 최대 관심사는 당연히 누가 이기느냐였다.

물론 최근 들어 베니쉬의 이름값이 빵 떴다고는 하지만, 대부분의 사람들은 네스트의 손을 들어줬다. 비록 캐서린의 그늘에 가려졌다고는 하지만, 그도 엄청난 괴물이었으니까.

여기에는 남을 모방하는 베니쉬의 경기는 물론 재미있긴 하지만, 네스트의 잔혹한 손속이나 시원한 손맛처럼 강렬한 임팩트를 심어주기에는 부족했다는 점도 크게 기인했다.

"선수, 입장!"

하늘 위로 태양이 높게 뜬 정오의 시각. 사면이 바다로 둘러진 해상 결투장의 무대 위로 선수가 걸어 나왔다.

"광란의 네스트! 랭크 포인트는 2,484점! 사천왕이라 불리는 선수 중 한 명으로, 도합 60개월 이상 2,000점을 유지한 괴물 중의 괴물! 특기는 주먹으로 상대를 터뜨려 버리기~!"

"와아아아아아!"

"가라, 네스트!"

"네가 이런 빅 매치를 뛰는 걸 오랫동안 기다렸다고!"

"따라쟁이 녀석 따윈 짓밟아 버려! 결국 강력한 힘만이 제일이다!"

당연히 오래 활동한 만큼, 팬층 또한 두꺼웠다.

오만한 표정을 지은 네스트는 고개를 한 번 끄덕여 이에 화답했다.

"이에 맞서는 선수는 베니쉬! 랭크 포인트 1,993점! 아, 그런데 이 선수는 아직까지도 닉네임이 없어요! 이제 2천 점이 코앞인데 말이에요! 특이사항은 무려 15연승, 무패 행진! 게다가 광란의 네스트를 상대로 무대 위로 올라오라고 지명을 하는 패기까지이! 아, 재밌어요. 오늘 이 경기 분명히 재미있습니다. 모든 관중들은 시선과 채널 고정!"

멘트를 마친 사회자가 카메라 방향을 가리키며 한쪽 눈을 찡그렸다. 당연한 말이지만, 시청자들에게 날린 윙크였다.

결투장에서 치러지는 네임드 선수들의 경기는 안방의 브라운관은 물론, 인터넷을 통해서도 시청이 가능했으니까.

사회자가 경기장을 내려가고, 두 사람 앞에 홀로그램 숫자가 떠오르기 시작했다.

10…… 9…… 8…….

숫자를 가만히 쳐다보던 네스트가 이를 드러내며 웃었다.

"반갑다."

"그쪽도."

"혹시 마지막으로 남기거나, 묻고 싶은 말은 없나? 경기가 시작되면 들어줄 틈이 없을 것 같아서 말이야."

명백한 도발이었지만 상대방의 마음을 흔드는 것 또한 실력이다.

하지만 카이는 그의 말을 한 귀로 흘리며 제자리 뛰기를 시작했다.

이를 가만히 쳐다보던 네스트가 궁금하다는 듯이 물었다.

"지금 뭐하는 거지?"

"응? 아아, 신경 쓸 거 없어. 내려간 스탯에 적응하는 중이니까."

"뭐?"

네스트가 고개를 갸웃거렸다.

그의 레벨은 324였다. 게다가 레벨이 오를 때마다 주어지는 다섯 개의 스탯 포인트 중 네 개를 힘에다가 투자해 왔다. 장비와 스페셜 칭호에 달린 힘까지 합친 힘 스탯은 무려 1,400가량!

"너, 뭔가 단단히 착각하고 있…… 음?!"

자신의 상태창을 띄운 네스트가 경악한 표정을 지었다.

결투장에는 스탯 보정이라는 시스템이 있다. 고레벨 유저의 스탯을 내려서 저레벨 유저의 수준에 맞춰주는 것이다.

저레벨 스탯의 유저를 높이지 않는 이유는 간단했다. 어차피 상승시켜 줘봤자 제대로 활용을 못 할 테니까.

한 마디로 결투장은 고레벨 유저가 불리할 수밖에 없는 시스템을 지니고 있었다.

"……"

네스트의 부릅뜬 두 눈은 힘 스탯을 향해 있었다.

힘 : 1,389

그의 힘 스탯은 내려가지 않았다.

그 말인즉슨.

'저 녀석의 힘이…… 나보다 높다고?'

고개를 들어 베니쉬를 바라보는 네스트의 눈빛이 흔들리기 시작했다.

네스트는 베니쉬의 몸을 전신을 빠르게 훑었다.

'……어설프다. 확실해. 자세는 어설프기 짝이 없다.'

물론 아주 못 봐줄 정도는 아니다. 하지만 자신보다 힘 스탯이 높다면, 레벨 또한 높다는 소리다.

왜냐하면 상대방의 장비 수준은 형편없는 상태였으니까.

'정리하자면 자세가 아주 엉망인 것은 아니지만, 나보다 레벨이 높은 녀석의 자세라고 하기에는 너무 부족하다.'

잠시 고민을 하던 네스트가 어깨를 들썩이며 웃었다.

"……하긴. 내가 언제부터 이런 걸 고민했다고. 직접 겪어보면 알게 되겠지."

스탯 창에 오류가 생긴 것인지, 아니면 상대방이 실력을 숨기고 있는지.

"관중들도 기다리는 것 같은데, 슬슬 시작하지."

네스트는 말과 함께 머리 위에 투구를 덮었다.

철그럭!

투구를 끝으로 그의 전신은 암적색으로 반짝이는 방어구가 철통같이 보호했다. 신장만 192㎝의 거구인지라, 사람이 아닌 거대 로봇처럼 보일 정도.

'방어력이 높아 보여.'

자신의 조약한 방어구와는 비교도 되지 않을 만큼 단단해 보인다.

카이의 눈으로 봤을 때는 최소 유니크 등급의 세트로 추정되었다.

"안 오겠다면 먼저 가지."

말을 마친 네스트는 두 주먹을 말아쥔 채, 턱밑까지 끌어올렸다. 그 상태에서 상체가 눕힌 8자처럼 움직이기 시작했다.

너무나도 익숙한 자세를 단숨에 알아챈 카이는 질문했다.

"복싱인가?"

"맞다. 하지만 네가 알던 복싱과는 조금 다를 거다."

텅텅!

네스트가 자신의 가슴 방어구를 두드렸다.

"미드 온라인은 이게 참 좋거든. 아무리 무거운 장비를 착용하고 있어도 힘 스탯만 충분히 찍어준다면……."

파앗!

네스트의 거구는 순식간에 카이의 코앞까지 도달했다.

그는 눈 하나 깜짝 안 하고 있는 카이를 마주 보며 씨익 웃었다.

"현실에서는 상상도 못 할 빠르기와 파괴력을 보일 수 있으니까."

다음 순간 카이의 시야로 솥뚜껑만 한 주먹이 보였다. 네스트의 두 주먹에 장비된 상어 머리 모형의 건틀렛은 날카로운 예기를 뿜어내며 쇄도했다.

콰아아아아앙!

'……빠르다.'

덩치는 산만한데, 그의 말처럼 힘 스탯이 높은 탓인지 그 속도는 매우 재빨랐다.

그뿐만이 아니었다.

찌르르.

소드 패링을 이용해 공격을 완벽히 방어했음에도 불구하고 팔 전체가 저려왔다.

'복싱이라. 확실히 미드 온라인에선 처음 겪어보는 형태의 기술이다.'

복싱은 과거부터 현재까지 꾸준히 발전해 온 인기 격투기 중 하나다. 특히 주먹을 사용하는 격투기에 한해선 비교 대상이 없을 정도다.

현실에서 격투기를 수련하는 자들 중에는, 게임에서 자신의 무술로 몬스터를 때려잡고 싶어 하는 이들 또한 많다. 그런 자들을 위한 직업으로 '무도가'라는 클래스가 있다.

'액티브 스킬이 부족한 대신, 패시브 스킬을 통한 공격력과 속도, 체력 상승이 발군인 직업이지.'

실제로 타이탄 길드의 골리앗도 무도가 클래스였다. 그는 현실에서 종합 격투기를 배웠던 선수 출신이기도 했고.

"크흐흐, 괜찮을까? 그렇게 정신을 다른 데 팔고 있어도!"

네스트의 주먹이 다시 한번 날아들었다. 이번엔 오른쪽 사각에서 휘둘러진 날카로운 훅(Hook)이었다.

콰아아앙!

"음."

소드 패링을 이용해 충격을 최대한 분산했음에도 불구하고, 카이의 몸은 뒤로 쭉 밀려났다. 그러자 네스트는 카이가 밀려난 거리만큼 따라붙으며 다음 주먹을 내질렀다.

'막았는데도 이 정도라면…… 패링만으로는 부족하다는 뜻이겠지.'

그러한 판단을 내린 순간, 카이의 움직임이 바뀌었다.

"도망만 다닐 셈인가? 슈퍼 루키치고는 실망스럽구나!"

네스트의 난폭한 주먹이 다시 한번 카이의 머리를 향했다.

물론 이번에도 카이는 여유롭게 검을 휘둘러 이를 쳐냈다.

콰아아아아앙!

우뚝. 동시에 몸을 멈춘 네스트는 무언가 마음에 들지 않는지, 눈매를 좁히며 자신의 주먹을 내려다봤다.

'뭐지? 손끝에 걸리는 느낌이 다르다.'

자신은 분명 아까와 똑같은 공격을 했는데 느껴지는 감각이 다르다. 그 말은, 상대방이 뭔가 다른 행동을 취했다는 소리였다.

콰아앙! 콰앙!

곧바로 두 번 더 공격을 쏟아낸 네스트는 베니쉬가 무슨 짓을 하고 있는지를 알아차렸다.

"공격을 흘려서 충격을 분산시키는군. 하로로라는 녀석과의 경기에서 배운 기술인가?"

"정확해."

상대의 특징과 상황에 따른 전투법 변경. 이것이 카이가 결투장에서 얻은 가장 큰 수확이었다.

'주시해야 할 건…… 녀석의 발인가.'

카이는 눈앞에서 움직이는 현란한 주먹에 시선을 뺏기지 않았다. 오히려 침착하게 대응하며 녀석의 하체를 주시했다.

주먹이 닿지 않을 거리조차 닿도록 만들어주는 것. 그것이 바로 복싱 선수의 풋워크였으니까.

획, 획!

네스트는 잔상까지 남기며 재빠르게 카이에게 접근했다.

'왼쪽 잽.'

콰!

'이번에는 왼쪽 어퍼.'

콰아앙!

'오른쪽 스트레이트다!'

콰아아아아앙!

네스트의 주먹이 카이의 검을 두드릴 때마다 폭탄 터지는 소리가 경기장을 울렸다. 카이의 신형은 연신 뒤로 물러났지만, 그의 표정은 점점 더 밝아졌다.

마치 이 순간이 즐거워 죽겠다는 것처럼.

"이 새끼가 웃어? 너 왜 웃냐."

"재밌으니까."

재미인가…….

네스트가 저도 모르게 고개를 끄덕였다.

'하긴. 이렇게나 잘 막아내는 녀석이 얼마 만인지.'

자신의 공격을 이렇게까지 버틴 녀석은 캐서린과 사천왕을 제외하고는 처음이었다.

"……재미라. 하지만 나로선 일방적으로 패는 싸움이 별 재미가 없는데?"

"그럼 기다려. 곧 재미있게 만들어줄 테니까."

"큭! 허세하고는."

하지만 카이의 그 말은 허세 따위가 아니었다.

'슬슬 알 것 같아.'

현재 카이가 네스트에게서 파악하고 있는 것은 두 가지. 하나는 풋워크였고, 나머지 하나는 함부로 궤적을 예측하기 힘든 재빠른 공격들이었다.

'일단 누적된 피해는 없고.'

관중들의 눈에는 카이가 일방적으로 얻어맞는 것처럼 보이겠지만, 그건 사실이 아니었다. 카이의 흘리기 기술은 네스트의 공격을 받아내면서도 빠른 속도로 성장하는 중이었으니까.

덕분에 현재까지 이렇다 할 정도의 피해는 입지 않은 상태.

'무도가 클래스. 골리앗도 상대해 본 적이 있지만 장단점이 참 뚜렷한 직업이지.'

현실에서 연마하던 격투기를 게임에서 사용할 수 있다는 것. 그것은 분명 큰 메리트다.

한 번도 사용해 본 적 없는 검이나 활을 드는 것보단 익숙할 테니까.

당연히 숙련도를 올리는 것 또한 쉽다.

하지만 이 말을 뒤집으면 그대로 단점이 된다.

'너무 익숙해.'

복싱, 종합 격투기, 무에타이 등등. 사람들이 직접 배운 적은 없을지 몰라도, 각종 영화나 대중 매체에서 흔히 접할 수 있다.

한계 또한 뚜렷하다.

'무도가의 컨셉 자체가 극한의 수련을 요구하는 클래스.'

다른 직업들처럼 변수를 창출할 수 있는 액티브 스킬이 부족하다는 뜻이다. 때문에 결투가 길어지면서 상대가 어느 정도 여유를 가지게 되는 순간.

그래, 예를 들면 바로 지금 같은 순간.

'싸움의 흐름이 바뀌게 되지.'

샤아악!

카이는 자신에게 날아드는 네스트의 날카로운 주먹을 흘려보내지 않았다.

"음?!"

이에 당황한 것은 오히려 네스트였다. 베니쉬가 소드 패링으로 공격을 흘릴 것을 예상하고, 후속타까지 준비해 둔 상황이었으니까.

카이는 귓불을 스쳐 지나가는 주먹을 무시한 채, 그대로 네스트의 품속으로 파고들었다.

"이런!"

허를 찔린 네스트가 황급히 백스텝을 밟으며 거리를 벌렸지만.

"상대와의 거리를 좁히는 법. 넌 너무 많이 보여줬어."

네스트의 풋워크가 카이의 다리를 통해 재현되었다. 복싱의 풋워크는 단련된 몸과 어느 정도의 머리만 있으면 누구나 따라할 수 있을 정도로 쉽다.

그게 이유였다.

"크으윽!"

네스트가 카이를 쉽게 떨쳐내지 못하는 이유.

오히려 시간이 갈수록 카이와의 거리가 좁혀지는 이유.

'파고들었다.'

카이는 자신이 네스트의 품속으로 충분히 파고들었다고 판단한 순간, 검을 들어 올렸다. 말 그대로 정말 들어 올렸다.

터엉!

네스트의 가드를 여유롭게 돌파한 검 손잡이가 그의 턱을 정확히 올려친 것이다.

어퍼컷.

네스트가 정확히 26번이나 사용했던 기술이 검을 통해 펼쳐진 것이었다.

"으음……!"

어지러움에 몸이 흐트러진 네스트였지만 과연 사천왕. 그는 그 와중에도 두 주먹을 날카로운 갈고리처럼 휘둘렀다.

물론, 닿을 리 없었다.

'맨정신으로 휘두를 때도 맞지 않았던 공격이니까.'

카이는 천천히 걸어가며 네스트의 공격을 때로는 흘리고,

때로는 피하며 그에게 다가갔다.

"크아아악!"

코너까지 몰린 네스트에겐 선택지가 없었다.

'어쩔 수 없다.'

무언가를 각오한 듯 네스트의 눈빛이 반짝였다. 그리고 다음 순간, 그가 자세를 낮추더니 카이의 허리를 두 팔로 꽉 조였다.

이를 본 관중들이 비명을 내질렀다.

"태, 태클!?"

"깔끔하다!"

"네스트가 복싱 말고 다른 격투기 기술까지 사용한다고?"

그는 여태까지 모든 경기를 복싱 기술만 사용해서 치러왔다. 심지어 캐서린에게 10번이나 패배하는 동안에도.

"이번에 너에게 이기면 무패의 여제에게 사용하려고 배워둔 거지만…… 어쩔 수 없지."

까드드드득!

네스트의 두 팔이 터질 듯 부풀어 오르며 카이의 몸을 조르기 시작했다. 카이는 마치 아나콘다에게 칭칭 감긴 사냥감마냥 아무것도 할 수 없었다.

그 모습에 관중들이 탄식을 뱉어냈다.

"네스트의 거력에 한 번 잡히면 빠져나갈 수 없다고."

"젠장, 베니쉬 녀석 잘 가다가 한 번에 훅 가는군."

"사천왕은 역시 사천왕인가……."

"……."

그 순간에도 카이는 자신의 허리를 조르는 네스트를 가만히 내려다볼 뿐이었다.

힘, 지능, 민첩, 체력, 신성. 미드 온라인에 존재하는 다섯 개의 주 스탯은 모두 중요하다. 하지만 대다수의 유저들은 범용성이 가장 높은 스탯으로 힘을 꼽는다. 신체의 모든 기술을 전반적으로 상승시켜주기 때문이다. 물리 공격력, 속도, 인벤토리 소지 무게 상승까지.

비단 근접 클래스에게만 필요한 스탯은 확실히 아니다.

때문에 유저들은 항상 궁금해했다.

'힘만 비약적으로 높인다면 대체 어떤 일이 벌어질까?'

네스트 또한 그것이 궁금했고, 그는 증명을 위해 힘 스탯에 엄청난 투자를 했다. 그때부터 네스트는 공공연하게 이런 말을 떠들고 다녔다.

'나와 정면 승부하면 그 누구도 뼈를 추릴 수 없다. 설령 무패의 여제라 해도 말이지!'

그가 가장 자신 있는 것. 바로 정면에서 이루어지는 힘 겨루기였다. 그 어떤 기술이 개입할 여지도 없이, 힘 스탯으로 찍어누르면 되었으니까.

상대가 누가 되었든 간에 3초 안에 그 입에서 비명이 터져나오게 만들 자신이 있었다.

…….

베니쉬와 네스트의 경기를 보던 관중들이 입을 꾹 다물었다. 소란스러웠던 만석의 관중석이 도서관처럼 조용해졌다.

우드드득.

오직 힘으로만 이루어진 원초적인 폭력에 할 말을 잃어버린 것이다.

"크으윽……."

물론 그것이 전부는 아니었다. 그들이 진짜 입을 다문 이유는, 눈앞의 광경을 두고 뭐라 말해야 할지 모르겠어서였으니까.

"경기 시작 전에 스스로 그러지 않았나?"

우드득.

"네가 힘 스탯을 충분히 찍었기 때문에."

우드드득!

"현실에선 불가능한 일도 가능해졌다고. 안 그래?"

"커어억! 커억!"

카이는 자신의 허리를 조이고 있던 네스트의 목을 그대로 붙잡더니, 천천히 들어 올렸다. 자신보다 몸집이 족히 세 배는 큰 상대를 들어 올린 카이의 목소리는 산책이라도 나온 사람처럼 평온했다.

"크르륵……."

카이는 믿을 수 없다는 눈빛으로 자신을 내려다보는 네스트를 빤히 쳐다보더니, 입을 열었다.

"좋은 경기였다."

툭.

동시에 네스트의 신형이 경기장 밖으로 떨어졌다.

경기가 끝났지만 관중석의 누구도 입을 열지 않았다.

카이는 관중석을 크게 한 바퀴 돌아봤다.

그때까지 누구 하나 입을 열지 않았다.

카이는 그제야 등을 돌려 경기장을 내려갔다.

"어…… 어어."

확실히 프로는 프로다. 카이가 선수 대기실로 향하는 것을 본 사회자가 가장 먼저 정신을 차렸다. 그는 침을 꿀꺽 삼키며 장외 패를 당한 네스트를 쳐다보았다.

"베, 베니쉬 선수가 네스트 선수를 상대로 승리를 거두고 랭킹 포인트 2,237점으로 훌쩍 뛰어오릅니다! 이변이 일어났습니다!"

후아.

사회자의 목소리와 동시에 여기저기서 참아왔던 숨을 뱉어내는 소리가 들려왔다.

"이거 실화냐?"

"진짜로 네스트를…… 사천왕을 이겼다고?"

"베니쉬는 엄청 얻어맞는 것 같더니, 마지막에 역전하네."

"설마 네스트가 힘에서 밀릴 줄은 몰랐는데……."

대부분의 관중들이 위와 같은 감상을 내렸다.

물론 이에 속하지 않는 '일부'는 생각에 잠겼다.

'베니쉬…… 이로써 자신의 실력이 2,000점의 무대에서도 통한다는 것을 입증했군.'

'경기 내내 공격을 흘리며 피해를 최소화하더니, 한 번의 공격으로 깔끔하게 끝내 버렸다.'

'몸값이 더 뛰겠어.'

'영입을 위해선 뭘 제안해야 하지?'

베니쉬라는 변수를 어떻게 사용해야 할지에 대해서.

당연한 말이지만 모두가 그런 생각을 품은 것은 아니었다.

"호오……."

베니쉬와 네스트의 경기를 가만히 관람하고 있던 남자 하나가 부드러운 미소를 지었다.

"재미있는 친구네."

무색의 자칼, 그가 베니쉬에 대한 관심을 드러냈다.

"흐읍! 하아, 하아……."

카이는 마지막 한 번의 공격을 휘두르는 것을 끝으로, 바닥에 널브러졌다. 한참이나 숨을 몰아쉬던 그는 높은 천장을 쳐다보며 생각했다.

'네스트의 기술은 배우는 데 생각보다 시간이 오래 걸렸네.'

이전까지 붙었던 상대들은 며칠 정도 수련하면 그들의 특징은 제법 따라 할 수 있었다. 하지만 네스트의 경우에는 조금 달랐다. 무려 10일가량을 연습하고도 이제야 겨우 감을 잡은 정도였으니까.

가장 큰 문제점은 역시 무기의 차이였다.

'주먹과 검. 그 사이의 간극을 메꾸는 게 생각보다 힘들었어.'

때문에 카이는 그가 보여줬던 수많은 공격들을 낱낱이 분해해서 자신이 사용할 수 있는 것만을 분류했다.

풋워크 또한 마찬가지였다. 권사와 검사는 상대방과 유지해야 하는 거리마저 달랐으니까.

"끄응."

지난 10일 동안 이론과 수련을 병행하며 이러한 고충들을 해결한 카이는 피곤함을 느꼈다.

하지만 쉴 시간은 없었다.

'이제 슬슬 시작될 텐데.'

최근 결투장은 난리가 났다.

이유는 두 가지였다.

'하나는 나고.'

자신이 사천왕 중 한 명인 네스트를 쓰러뜨렸기 때문이다.

이는 결투장 컨텐츠에 새 바람을 불러일으켰다.

그 바람이 가장 거세게 느껴진 곳은 단연 커뮤니티였다.

[결투장의 새로운 슈퍼 루키, 모든 기록을 역대급으로 갈아치우며 고공행진.]

[베니쉬, 그들만의 리그라 불리던 결투장에 새로운 가능성을 보여준 선수.]

[리미트리스 마스터 캐서린, '조만간 그와 맞붙을 날을 진심으로 고대하는 중' 발언 화제.]

무패의 여제 캐서린과 그녀의 밑에 존재하는 사천왕. 이 시스템이 굳혀진 뒤로는 결투장에 뉴비가 잘 유입되지 않은 것도 사실이었다.

누가 봐도 고여 있는 웅덩이에 발을 담그고 싶어 하는 사람은 없으니까.

하지만 베니쉬라는 존재의 등장은 이 고정 관념을 아주 시원하게 깨부숴 버렸다. 다른 사람들에게도 '혹시 나도?'라는 일말의 희망을 불어넣어 줬다는 뜻이다.

덕분에 시간이 흐를수록 시장이 작아지던 결투장은 순풍을 타고 호황기를 누리고 있었다.

'그리고 두 번째는……'

흐음.

트레이닝룸에서 나오던 카이는 자신의 스위트룸으로 배달된 신문을 들어 올렸다.

"대체 무슨 생각인 건지."

결투장에서의 소식을 전해주는 배틀 뉴스. 그곳의 1면은 두 인물을 통째로 담고 있었다.

[무색의 자칼 VS 정령술사 케인 매치 성사. 자칼, 사천왕전 데뷔 상대로 케인을 지명하다!]

바로 일 주일 전, 자칼이 케인을 다음 경기 상대로 지명한 것이다.

사람들은 그 거짓말 같은 소식에 열광하고, 환호했으며, 또 궁금해했다.

그것은 카이라고 다를 바 없었다.

"사천왕끼리 맞붙는 건…… 어마어마한 리스크를 동반할 텐데. 대체 왜?"

물론 자신이 완벽하게 이긴다는 자신이 있으면 이야기는 달라진다. 하지만 아무도 미래를 볼 수는 없다. 혹시라도 사천왕 매치에서 패배하기라도 하면, 1,000점대로 강등되는 것은 물론.

사천왕 간에 서열까지 고정이 되어버려서 명성에도 흠집이 날 수밖에 없다.

'알아본 바에 의하면 자칼은 존재감이 굉장히 희미한 녀석이라고 했는데…… 정보가 틀렸나?'

카이는 네스트를 지명하기 전, 네 명의 사천왕들을 모두 분석했다.

어쩌면 당연한 일이었다. 자신의 대결 상대를 고르는 일이었으니까.

'내가 가장 맞붙기 싫었던 게 자칼이었지.'

그 이유는 명확했다.

그에겐 색(色)이 없기 때문이다.

네스트는 압도적인 힘과 무술. 세이리에겐 조용한 빗방울처럼 떨어지는 강력한 마법. 마지막으로 케인에겐 정령술이라는 뚜렷한 특징들이 있었다.

하지만 자칼에겐 그런 것이 없다.

'그래서 닉네임도 무색인 거겠지. 특징이 없으니까.'

그저 무난하게 공격하고, 무난하게 회피하며, 무난하게 경기를 이겨 버린다. 사천왕이긴 하지만 그의 팬층이 유난히 옅은 이유이기도 했다.

"혹시 관리인들 쪽과 뭔가 딜이 있었나."

그쪽에서는 결투장의 경기가 살아나자, 이 기회를 살리고 싶었을 것이다.

'지금 같은 상황에서 사천왕 매치라면 확실히 빅 이벤트이긴 하지.'

실제로 최근 일주일을 돌아보면 메인 퀘스트나 레이드 쪽의 뉴스보다, 결투장에 대한 기사가 더 많이 나오는 중이었다. 당연히 가장 스포트라이트를 받는 건 사천왕전의 두 주역이고.

"알 수가 없네."

카이는 고개를 절레절레 흔들며 방을 나섰다.

카이는 2,000점 이상의 선수만이 입장할 수 있는 최상급 관중석으로 안내되었다.

시원한 음료와 각종 간식들이 즐비한 안락한 장소.

그곳에는 이미 두 명의 선객이 위치한 상태였다.

"……여."

10일 전 카이에게 패배의 쓴맛을 봤던 네스트와.

"…….'

카이를 한 번 흘깃 쳐다보고는 다시 경기장으로 고개를 돌려 버린 여자 하나.

'아마 저 여자가 세이리겠지. 정숙의 세이리.'

경기를 보면서 마실 콜라와 치킨, 감자튀김을 챙긴 카이는 자리로 향했다. 관중석에는 푹신한 의자가 세 개 놓여 있었는데, 각각 네스트와 세이리가 끝자리를 차지하고 있어서 가운데 자리만이 비어 있었다.

자연스럽게 중앙에 앉자 네스트가 카이를 슬쩍 쳐다봤다.

그러고는 흠흠, 목청을 가다듬더니 입을 연다.

"내가 왜 여기 있는지 궁금한 것 같으니 알려주지. 나는 지난 10일 동안 총 여섯 번의 경기를 치렀다. 당연한 말이지만 결과는 전승. 덕분에 다시 점수를 복구했지."

"별로 궁금하진 않았는데."

카이는 어깨를 으쓱거리며 감자튀김 하나를 입에 쏙 집어넣었다.

"뭐, 고생했네."

"누구 덕분에 안 해도 될 고생을 했지."

가시가 있는 말을 뱉어낸 네스트가 천천히 스테이크를 썰기 시작했다.

그가 잘라낸 고기를 포크로 찍어 입으로 가져가 씹으려는 순간, 카이가 질문했다.

"혹시 이번 경기에 대해 아는 거 있나?"

"⋯⋯무슨 뜻이지?"

네스트가 고기를 먹기 위해 벌렸던 입을 다물며 대꾸했다.

"자칼의 성격에 케인을 지명했다는 게 이해되질 않아서."

"아아⋯⋯."

포크를 내려놓은 그가 천천히 고개를 끄덕였다.

"솔직히 나도 잘 모른다. 자칼, 그 녀석은 딱히 타인과 교류가 없었으니까. 너처럼 말이지."

"흐음."

"굳이 추측을 해보자면 관리인들에게 모종의 제안을 받지 않았을까 하는 정도다. 사천왕 매치는 이목 끌기엔 더없이 좋은 이벤트니까. 최근 결투장의 입장을 생각해 보면 안 할 이유가 없지."

어깨를 으쓱거린 네스트가 다시 포크를 들었다.

'흠, 역시 관리인들이 연관되어 있는 건가. 이 부분은 내 생각과 비슷하네.'

카이가 재차 물었다.

"네 생각엔 누가 이길 것 같은데?"

이 부분은 카이에게 제법 중요했다. 다음 상대로 정령술사 케인을 염두에 뒀는데, 여기서 자칼에게 패배하면 말짱 도루묵이니까.

멈칫, 살짝 찌푸린 표정으로 고기를 쳐다보던 네스트가 포크를 딱 소리 나게 내려놓았다.

"케인."

"왜지?"

"직접 붙어봤으니까. 나 같은 근접 계열의 클래스에게 저런 녀석은 성가시다. 그건 자칼 또한 마찬가지겠지."

네스트가 살짝 질색한 표정을 지으며 말했다.

"미드 온라인의 정령술은 정말 성가시다. 마법과 비슷하면서도 또 다르지. 우선 스킬들에 쿨타임이 없으니까."

"그건 그렇지."

카이가 고개를 끄덕였다. 정령술사 케인은 자신이 다음 상대로 염두에 뒀기에 이미 충분한 조사가 이루어진 상태였다.

'네스트의 말대로 정령술은 성가서.'

정령술사의 모든 스킬에는 쿨타임이 없다. 그러니 마음만 먹으면 스킬을 난사할 수도 있다.

물론 그게 영원히 지속되면 밸런스 붕괴나 다름없는 법.

당연히 브레이크 또한 존재한다. 바로 자연 친화력이다.

'쉽게 설명하자면 정령의 HP를 사용해서 스킬을 쓴다는 느낌이야. 자연 친화력이 바닥나면 정령들이 역소환되니까.'

때문에 정령술사는 몇 개의 정령과 계약을 했는지가 가장 중요하다. 정령과 계약을 할 때마다 자연 친화력이 대폭 상승하고, 재생 속도도 증가하니까.

물론 사용할 수 있는 스킬들의 가짓수가 배로 늘어난다는 장점도 존재했다.

"케인은 몇 개의 정령과 계약했지?"

"내가 알기로는 둘. 하지만……."

"숨겨놓은 패가 있겠네."

카이와 네스트가 동시에 고개를 끄덕였다.

결투장의 사천왕들은 모두 캐서린이라는 공통된 목표를 지니고 있을 것이다. 그렇다면 네스트가 태클이라는 비장의 무기를 준비한 것처럼, 케인도 준비해 뒀을 터.

"뭐, 그런 거지. 그리고 말 시키지 마라. 밥 먹을 거니까."

이번에야말로 고기를 먹겠다는 각오를 품은 네스트는 고기를 입안으로 빠르게 집어넣었다.

우물우물.

입안 가득 퍼지는 육즙과 소고기의 향에 그의 표정이 해맑아지는 순간.

"자칼이 이길 거야."

"쿨럭, 쿨럭!"

입안에서 분해되던 고기들이 다시 밖으로 튀어나왔다.

카이는 다소 의외라는 표정으로 세이리를 쳐다봤다.

'결투장 역사상 그녀가 말을 한 횟수는 세 번밖에 안 된다고

하던데.'

괜히 정숙이라는 닉네임이 붙은 게 아니다. 여기서 정숙이란 그녀가 여자로서 행실과 마음씨가 맑고 곱기 때문이 아니었다.

'말을 안 하기 때문이지.'

얼마나 말을 안 하냐면, 그녀는 마법 스킬을 시전할 때조차 입을 열지 않는다. 마법 스킬의 숙련도가 극에 달했을 때 사용할 수 있다는 무영창의 달인.

테이블에 흩어진 고기 조각들을 보고 입맛이 뚝 떨어진 네스트는 그릇을 옆으로 치우며 말했다.

"······웬일이지? 네가 말을 하다니."

"평소엔 입을 열 필요가 없었으니까."

"이상하군. 내가 항상 먼저 인사를 했는데."

"이해 못 했니? 평소엔 입을 열 필요가 없었어."

잠시 후, 그녀의 말을 이해한 네스트의 표정이 구겨지자 카이가 입을 열었다.

"자칼이 이길 거라니, 왜 그렇게 생각해?"

"난 그와 붙어봤으니까."

"아, 맞아. 분명히 예전에 둘이 붙어본 적이 있었지."

네스트가 기억났다는 표정으로 고개를 끄덕였다.

"하지만 한 끗 차이로 겨우 패배하지 않았나? 아까웠던 걸로 기억하는데."

"아니."

세이리가 고개를 절레절레 흔들었다. 그녀는 경기장 위로 올라오는 자칼을 쳐다보며 눈매를 좁혔다.

"저 녀석은 그때 분명 전력이 아니었어. 나를 가지고 놀고 있다는 느낌을 받았으니까."

"설마."

네스트가 피식 웃으며 부정했지만, 세이리의 표정은 진지했다.

카이는 새로운 시선으로 자칼을 내려다보았다.

'무색의 자칼이라……'

회색의 가면을 쓰고 있는 그가 케인의 맞은편에 위치했다.

105장
무색의 자칼

경기장의 분위기는 사뭇 무거웠다. 그 위에 서 있는 두 명의 남자 때문이었다.

"대체 이유가 뭐지?"

케인이 도저히 이해할 수 없다는 표정을 지으며 질문했다.

"아무리 생각해도 이해할 수가 없더군. 관리인들에게 딱히 제안을 받은 것 같지도 않던데."

"맞아. 널 지명한 건 내 독단이었어."

"내가 그리 만만해 보였나?"

케인의 눈빛이 차갑게 가라앉았다. 이를 마주한 자칼은 자신의 머리를 한 번 가볍게 쓸어넘겼다.

"글쎄. 난 단지 확인하고 싶은 게 있었을 뿐이야."

"확인하고 싶은 것? 그게 무슨 뜻이지?"

"아마 며칠 안 돼서 알게 될 거야."

회색 가면 때문에 그의 표정은 보이지 않았지만, 케인은 자칼이 웃고 있다고 생각했다.

"……무슨 소리를 하는지는 모르겠지만, 날 지명한 것만큼은 땅을 치고 후회하게 만들어주지."

"그래 주면 고맙고."

정령술사라…… 재미있으려나. 자칼이 낮게 중얼거리며 검을 뽑았다.

그리고 경기가 시작되었다.

알려진 바에 의하면 정령술사 케인은 두 가지 정령과 계약을 했다. 불꽃과 대지의 정령이었다.

"오오오!"

"저것이 정령술!"

"이야, 저 기술들이 전부 쿨타임이 없다고? 위력은 웬만한 마법사 주문보다 좋아 보이는데? 나도 정령사나 할까?"

"아서라, 아서. 정령술사는 돈 먹는 하마야. 정령을 부를 수 있는 정령석 하나에 수십 골드씩 한다고. 심지어 정령과 계약을 100% 계약을 할 수 있는 것도 아니고, 제대로 키우려면 좋은 정령이 나올 때까지 정령석을 계속 질러야 돼."

"미친, 그렇게 돈이 많이 드는 직업이었나?"

"어. 그리고 계약을 하고 나서도 정령의 마음에 들지 않는 행동을 하면 그 즉시 계약 파기."

"끄응, 히스테릭한 상사가 옆자리로 배정되는 기분이겠군."

남의 떡이 더 커 보인다는 말이 있다. 경기를 지켜보는 마법 사들의 심정이 그러했다. 그만큼 정령술사의 마법은 강력하고, 화려했으며, 쿨타임이 없다는 장점이 돋보였으니까.

우르르르릉! 화르륵!

케인의 옆에 딱 붙어 있는 정령들은 경기장 바닥을 뒤틀고, 불기둥을 세웠다.

하나같이 위협적인 공격들. 이는 사천왕전을 지켜보는 사람 모두의 고개를 끄덕이게 만들었다.

'역시 이 정도는 되어야 사천왕이라고 불리는 거구나.'

케인의 경기는 모두에게 그런 인식을 심어줄 정도로 강렬했고, 화려했다.

다만 그를 상대하는 자칼의 경우에는 조금 달랐다.

스르릉, 서걱!

그는 다가오는 불기둥을 절단했고, 대지가 뒤틀려도 몸의 균형을 잃지 않았다.

그야말로 놀라운 운동 신경. 자칼 또한 사천왕이라는 이름이 아깝지 않을 정도로 잘 싸우는 중이었다.

하지만 임팩트만 놓고 보면 확실히 케인에 비해 떨어지는 감이 있었다.

"어…… 뭔가 자칼은 여유롭게 공격을 다 파훼하고 있긴 한데, 보는 맛은 없네."

"그가 색이 없다고 불리는 이유지. 정석 of 정석."

"내가 자칼 경기는 계속 챙겨봤는데, 확실히 큰 거 한 방이 터지질 않아. 기본기는 진짜 탄탄한 선수라서 마음만 먹으면 터뜨릴 수 있을 것 같은데…… 항상 뭔가 터뜨리기 전에 경기가 끝나더라고."

"뭐야, 그럼 자칼이 본 실력을 드러낸 적 없다고?"

"그럴 리가. 프로필 보니 12패라고 쓰여 있는데, 이때는 전력을 다했겠지."

그 질문에 프로 관중러 하나가 입을 열었다.

"아, 자칼의 패배는 모두 기권패야. 경기에 나오질 않았거든. 자칼은 경기 일정이 잡혀도 자리를 비우는 경우가 종종 있으니까."

"잠깐만. 그럼 경기에 올라갔을 때의 전적은……."

"진 적 없지. 기권패를 12번이나 해서 무패라는 닉네임을 받지는 못했지만."

관중들이 놀라움에 빠지는 순간, 자칼이 바닥에서 튀어나

286 일통령 15
태양의 사제

온 돌기둥 하나를 밟고 점프했다. 이어서 그의 신형은 케인을 향해 화살처럼 날아갔다.

"으음……!"

정령술사나 마법사나 플레이 스타일 자체는 매한가지다. 원거리 딜러의 특성상 몸이 약하기 때문에 접근전은 최대한 피해야 한다.

때문에 케인은 두 정령을 향해 다급히 명령했다.

"못 오게 막아!"

대지와 불꽃. 두 정령이 그의 명령에 답했다.

바닥에서 뾰족한 돌창이 튀어나와 날아갔고, 허공에서도 거대한 화염의 창이 쏘아졌다.

'이걸로 잠깐의 시간은 벌었…….'

살짝 안도의 한숨을 내쉬던 케인이 몸을 굳혔다.

자칼이 끼고 있는 회색의 가면. 그 틈새로 보이는 눈동자가 아직도 반짝이는 중이었으니까.

"흐읍!"

화르르륵!

자칼이 검을 한 번 휘두를 때마다 화염의 창 한 자루가 덧없이 흩어졌다. 날아드는 주문을 검으로 쳐내는 것은 확실히 놀랍지만, 이해할 수 있는 범위 내였다.

하지만 자칼이 바닥에서 튀어나오는 돌창들을 징검다리처

럼 밝으며 빠르게 다가오는 순간, 케인은 비명을 질렀다.

"말도 안 돼!"

이에 관중들도 동의했다.

"미친……!"

"저게 말이 돼?"

"이런 말도 안 되는 플레이를 실제로 보게 될 줄이야……."

"언노운의 영상 중 하나인 '달빛과 함께 춤을'. 거기 나오는 한 장면이 생각나는데?"

달빛과 함께 춤을. 과거 아오사 레이드 영상을 업로드할 때 붙였던 타이틀이었다.

'확실히 거기에 저런 장면이 나오긴 하지.'

경기를 지켜보던 카이는 자리에 우두커니 서 있는 상태였다. 자칼의 말도 안 되는 플레이를 보고 저도 모르게 의자를 박차고 일어난 것이었다.

'저게…… 사람이 선보일 수 있는 움직임이라고?'

사람들은 언노운의 재능이 뛰어나다고 생각한다. 왜냐하면 말도 안 되는 기술들을 선보이며 불가능해 보이는 레이드를 성공시켜왔으니까.

하지만 카이는 스스로의 재능이 평범한 수준임을 잘 알고 있었다.

'내 영상들은 대부분 눈속임이나 다름없어.'

오크 토벌전 때는 높은 마법 저항력과 페르메의 독이 없었다면 그런 영상이 나오지 못했다. 그것은 유저들이 가장 좋아하는 '달빛과 함께 춤'을 때도 마찬가지였다.

'……아야나의 특제 물약.'

초 집중력 향상 포션, 하이어 웨이.

짧은 시간 동안 집중력을 대폭 끌어올려 주는 물약으로, 카이는 이것을 복용하고 나서야 아오사를 잡을 수 있었다.

'그때 물약의 부작용으로 며칠 동안 모든 스탯이 바닥까지 떨어졌었지.'

만약 누군가 다시 한번 그때의 기술을 보여달라고 요청해도 다시 보여줄 수는 없을 것이다.

그것은 운과 실력, 그리고 타이밍. 모든 것이 절묘하게 맞아떨어졌기에 나올 수 있었던 플레이였으니까.

스스로도 그런 순간은 일생에 한 번뿐이 아닐까 생각할 정도였다.

'그런데 그것과 비슷한 움직임을 저렇게 쉽게 해낸다고? 혹시 도핑…….'

의심을 하던 카이가 고개를 내저었다.

결투장에선 도핑이 불가능하다. 경기가 시작되는 순간, 걸려 있는 모든 버프 상태는 해제되니까.

'그렇다면 답은 두 가지.'

자칼이 장비한 아이템 중에 집중력을 끌어올려 주는 효과가 있던가.

"······아니면 진짜 재능충이던가."

꽉 쥐어져 있던 주먹을 풀자 그곳은 땀으로 축축해진 상태였다.

"내가 말했잖아."

옆에 있던 세이리가 다시 입을 열었다.

"자칼이 이긴다고."

승리는 모두의 예상대로 자칼에게 돌아갔다. 자칼이 말도 안 되는 신위를 보이며 케인에게 접근한 순간, 승패는 결정된 것이었으니까.

"정말 말도 안 됩니다! 사천왕! 무색의 자칼! 그는 왜 자신이 사천왕인지! 자신이 치른 경기의 승률이 왜 100%인지! 이렇게 다시 한번 증명해냅니다! 무섭도록 강력합니다! 누가 자칼을 막을 수 있겠어요!"

"자칼! 자칼!"

"자칼! 자칼!"

자신의 이름을 연호하는 관중들을 쳐다보던 자칼이 고개

를 돌렸다.

그의 시선이 머문 곳은 관중석의 위쪽. 2,000점대 선수들만
이 입장할 수 있는 최상급 관중석이었다.

"……저 녀석. 지금 우릴 쳐다보는 건가?"

네스트가 놀란 표정을 지으며 중얼거렸다.

하지만 이 순간 가장 놀란 건 다름 아닌 카이였다.

'잠깐이지만 눈이 마주친 기분이 들었는데.'

그러나 이내 고개가 저어졌다. 최상급 관중석은 안쪽에서
만 밖을 쳐다볼 수 있는 반사 유리다.

밖에서는 아무리 쳐다봐도 거울처럼 보일 것이 분명했다.

"아무튼 놀라운 녀석이군. 약골인 줄 알았는데."

네스트가 목을 돌리며 전의를 드러냈다.

"언젠가 녀석하고도 한 번 붙어야겠어. 크흐흐."

그런 네스트를 한심하다는 눈빛으로 쳐다보는 세이리.

"……그럼 나는 이만."

생각이 많아진 카이는 먼저 관중석을 떠나 자신의 방으로
향했다.

방 앞에는 누군가가 그를 기다리고 있었다.

카이의 눈매가 가늘어졌다.

'자칼이 왜 여기에?'

심지어 경기가 끝난 건 몇 분 되지도 않았다.

그런데 굳이 여기까지 와서 자신을 기다리고 있다니?

카이가 문 쪽으로 다가가자, 문에 등을 기대고 있던 그가 자세를 바로 하며 입을 열었다.

"이렇게 인사하는 건 처음이네요. 자칼이라고 합니다."

그가 내민 악수를 빤히 쳐다보던 카이는 결국 그 손을 마주 잡으며 물었다.

"베니쉬입니다. 여긴 어쩐 일이십니까?"

"숙소로 돌아가다가 지쳐서 잠시 쉬고 있었습니다."

"……제 방문에 기대서요?"

"아, 여기가 베니쉬 님의 방이었군요?"

자칼이 낮은 웃음을 흘렸다.

살짝 찜찜한 기분을 느낀 카이가 오늘의 경기를 칭찬했다.

"경기 잘 봤습니다. 대단하시던데요."

"진심으로요?"

잠시 멈칫한 카이가 이내 고개를 끄덕였다.

"예. 진심입니다만."

"아, 그렇군요. 그럼 감사합니다."

고개를 숙이는 자칼의 목소리는 정말 기뻐 보였다.

"그럼 충분히 쉬었으니 이제 씻으러 가봐야겠군요. 만나서 반가웠습니다."

'이 녀석 대체 왜 온 거야?'

카이가 고개를 갸웃거리는 순간, 그를 스쳐 지나가던 자칼이 우뚝 걸음을 멈춰 세웠다.

"아, 그러고 보니 투구가 굉장히 멋있으십니다. 입구에서 파는 언노운의 투구죠?"

"네."

"멋있어 보여서 저도 하나 사고 싶은데, 혹시 얼마에 사셨는지 알려주실 수 있습니까? 바가지를 뒤집어쓰면 안 되니까요. 하하."

"……"

카이는 그 질문에 답할 수 없었다. 왜냐하면 그는 이 투구를 결투장 입구에서 산 것이 아니었으니까.

잠시 그를 쳐다보던 카이가 어깨를 으쓱거리며 입을 열었다.

"글쎄요. 저도 기억이 가물가물하네요. 생각보다 저렴했다는 것만 기억납니다."

"……그렇습니까?"

"예. 그럼 저도 이만 쉬어야겠습니다."

카이는 자신의 숙소 문을 열고는 그대로 안으로 들어갔다.

띠리리.

문이 닫히는 것을 묘한 시선으로 쳐다보던 자칼이 재미있다는 목소리로 중얼거렸다.

"입구의 투구와 마스크는 모두 무료 대여인데…… 역시 재미있네."

잠시 후, 그는 가벼운 발걸음으로 자리를 떠났다.

카이는 개인 숙소에 붙어 있는 호화스러운 목욕탕에 몸을 담갔다. 뜨거운 물에 들어가 있자 스트레스가 풀리며 온몸이 노곤해지는 기분이 들었다.

그때, 그의 편안함을 방해하는 소리가 들렸다.

"……숙제 끝나셨나 보다."

하루 한 번. 저녁 시간마다 헬릭과 칼 라샤는 폰으로 숙제를 다 했다는 보고를 보내왔다. 굳이 그럴 필요가 없다고 말했지만 꾸준히 보내오는 모습이 참 보기 좋았다.

"두 분 다 배움에 참 열정적이라니까."

아니나 다를까, 폰을 꺼내자 그녀들의 문자가 도착해 있었다.

[헬릭 : 숙제 끝났느니라. 사탕 먹어두대?]

[카이 : 참 잘하셨어요. 드셔도 돼요.]

[헬릭 : 두 개?]

[카이 : 노노, 하나.]

[헬릭 : ???????]

[라샤 : 걱정하지 마세요. 제가 하나만 먹는지 잘 감시할게요.]

[카이 : 그래주시면 감사하죠. 라샤 님도 다 끝내셨어요?]

[라샤 : 제가 10분 더 빨리 끝냈어요.]

[카이 : 라샤 님도 수고하셨습니다.]

대충 이런 식의 대화가 저녁마다 이어졌다.

촤아아악.

물 속에 머리를 담근 카이는 자칼의 경기를 복기하기 시작했다.

'왠지 조만간 붙게 될 것 같단 말이야.'

카이는 그때까지만 알지 못했다. 다음 날 배틀 뉴스 1면에 자신이 대문짝만하게 실리게 될 거라는 것을.

최근 카이의 하루 스케줄은 매우 간단했다.

동이 트는 시간에 접속해서 가볍게 트레이닝을 한 뒤, 샤워를 마치고 밥을 먹는다. 보통 배틀 뉴스가 배달되는 것도 이때, 밥을 먹고 있는 아침 시간이었다.

오늘도 마찬가지였다.

꿀꺽, 꿀꺽.

카이는 간단하게 조리된 모닝 토스트와 우유를 먹으며 신문을 집어 들었다.

'분명 자칼에 대한 기사가 쏟아져 나왔겠지.'

어제 있었던 자칼과 케인의 사천왕 매치. 거기서 자칼은 사람들에게 기대 그 이상의 무언가를 보여주었다.

어제의 경기 하나로 자신의 전성기를 스스로 열었다고 해도 과언이 아닌 수준. 때문에 카이는 오늘 배틀 뉴스의 테마가 자칼일 것이라고 확신했다.

[자칼, 정령술사 케인을 상대로 12분 만에 압승. 업계의 평론가들 최고 평점 부여.]

[무패의 여제 캐서린, '자칼의 경기를 보며 입을 다물지 못한 건 처음이었다' 극찬]

[경기 한 번으로 자칼이 벌어들인 파이트머니는 얼마?]

"음음."

신문 1면의 상단에는 뒤 페이지에 기재된 기사들의 제목과 페이지가 함께 적혀 있었다.

"자, 그럼 대문의 소식은…… 푸웁!"

신선한 우유를 마시며 시선을 내리던 카이의 입에서 그대로 흰색 물줄기가 뿜어져 나왔다.

"쿨럭, 쿨럭!"

몇 번이고 기침을 토해낸 카이는 두 눈을 크게 뜬 채 우유에 젖은 신문지를 들어 올렸다. 신문의 1면에는 자칼과 베니쉬, 즉 자신의 사진이 대문짝만하게 걸려 있었다.

[무색의 자칼, '나는 아직 배가 고프다.' 다음 먹잇감은 베니쉬.]

"이게 뭔 개소리야……"
카이는 휴지로 신문을 닦아내며 기사를 읽어 내렸다.

[정령술사 케인과의 경기에서 멋진 모습을 보여 화제가 된 자칼이 다시 한번 경기를 성사시키며 화두에 올라섰다. 이번 상대는 슈퍼 루키로 최고의 주가를 올리고 있는 베니쉬. 두 사람의 경기 결과를 예측하는 토론이 활발하게 진행 중이며, 배당률은 자칼과 베니쉬가 각각……]

기사를 읽고, 처음부터 끝까지 다시 한번 더 읽었다.
"그 녀석…… 대체 뭐야."
카이는 어젯밤 만남에서 자신이 무언가 실수를 한 것이 있는지 기억을 더듬었다.
'그냥 집에 들어와 버려서 그런가? 차라도 대접해 줄 줄 알았나?'
그럴 리가.

혼란스러운 기분을 느낀 카이는 식사를 서둘러 마친 뒤, 그대로 방을 나섰다.

방을 나서자 복도의 벽에 한 사람이 기대어 서 있었다.

자칼이었다.

"……."

그를 보는 카이의 눈매가 가늘어졌다. 인기척을 느낀 자칼은 숙이고 있던 고개를 들어 카이를 쳐다봤다.

대체 어떤 표정을 짓고 있는지 보고 싶은데, 가면 때문에 보이지가 않았다.

"오늘도 쉬고 있는 겁니까?"

"네. 이젠 익숙해져서 그런지 이 복도 벽이 제일 편하네요."

'익숙해져?'

고개를 갸웃거린 카이는 벽을 툭툭 두드리는 자칼에게 다가갔다.

카이는 들고 있던 신문을 흔들며 말했다.

"아침부터 깜짝 놀랐습니다."

"서프라이즈가 마음에 드셨다니 다행입니다."

"후우…… 솔직히 그쪽이랑 경기하는 건 괜찮습니다. 갑작스럽긴 하지만, 어차피 무패의 여제에게 도전하려면 저도 포인트를 모아야 하니까요."

"예, 그런데요?"

"너무 궁금해서 이유 정도는 알고 싶네요. 왜 저입니까? 혹시 어제의 만남에서 제가 뭔가 실수를……."

"아아. 아닙니다. 그런 게 아니에요."

검지를 펼친 자칼이 이를 좌우로 흔들었다.

"물론 베니쉬 님과 경기를 하고 싶다고 결심한 건 어제의 만남 이후가 맞아요."

"역시 어제의 만남에서 뭔가 변화가 있었군요."

"뭐, 아니라고는 말씀 못 드리겠네요."

낮은 웃음을 흘리던 자칼이 말을 이었다.

"사실 2주 전부터 베니쉬 님을 기다렸거든요. 이 복도 벽에 기대서 말이지요."

"……저를요? 이 복도에서요?"

살짝 소름이 돋은 카이가 떨떠름한 표정을 지으며 물었다.

모르고 있었다.

접속을 하면 트레이닝룸에서 대부분의 시간을 다 보냈었으니까.

"예. 그런데 소문대로 정말 열심히 연습하시는 것 같더군요. 한 번도 나오질 않으셨으니까."

툭툭.

자칼은 손가락으로 벽을 두드리며 웃었다.

"그래서 어제 경기를 했던 겁니다. 사천왕 매치라면 보러 나오실 줄 알고."

"……잠깐만요. 정령술사와 경기를 한 이유가 저 때문이라고요? 제가 숙소에서 나와서 관람을 할까 봐?"

"맞습니다. 어제 경기가 끝나자마자 인터뷰도 모두 무시하고 달려온다고 제법 고생했지요."

그의 목소리에선 뿌듯함마저 느껴졌다.

'이 녀석, 대체 뭐하는 녀석이야?'

자신의 얼굴 한 번 보겠다고 사천왕 한 명과 경기를 아무렇지도 않게 치르다니.

이에 자칼은 카이의 머리를 꿰뚫어 보기라도 한 듯, 입을 열었다.

"사실 이번 달에 캐서린과 경기를 치를 생각이었습니다. 결투장이 슬슬 재미없어지기 시작했거든요. 그래서 빠르게 포인트를 모으고 그녀와 싸우려고 했는데……."

자칼이 카이를 빤히 쳐다봤다.

"베니쉬 님이 나타나셨죠."

"……그래서요? 어차피 저보다는 무패의 여제랑 경기하는 편이 훨씬 더 재미있을 텐데요?"

"그럴 리가 있겠습니까. 캐서린이 아무리 날고 긴다고 해도 고작 결투장 랭킹 1위. 반면에……."

말 끝을 흐린 자칼은 낮은 웃음을 흘렸다.

"일주일 뒤의 경기. 정말 기대되는군요. 그때 뵙겠습니다."

카이는 서둘러 인사를 남기고 떠나는 그의 뒷모습을 쳐다보며 확신했다.

'저 녀석…… 설마 내 정체를 알아챈 건가?'

아무래도 어제 무언가 말실수를 한 모양이다. 그랬으니 알아차렸겠지.

그나마 다행이라면 떠들고 다닐 생각은 없는 모양이었다. 베니쉬의 정체가 카이라는 것이 알려졌다면, 결투장은 이렇게 조용할 리는 없을 테니까.

"눈썰미 좋네."

아무도, 심지어 직접 만난 적이 있었던 캐서린조차 자신의 정체를 알아차리지 못했다. 그럼에도 자신이 카이라는 것을 알아냈다는 것은, 보통 눈썰미가 아니라는 뜻.

"……졸업이 생각보다 빨라지겠어."

자칼과의 경기에서 이기면 자신의 랭크 포인트는 2,500점을 넘어선다. 그 후에 벌어질 일은 불 보듯 뻔하다.

'여기서 승리하는 사람이 챔피언 매치인가.'

캐서린, 그녀는 간만에 찾아온 먹잇감을 놓치지 않을 테니까.

지난 일주일간 카이는 다시 방에 칩거했다. 물론 그의 칩거는 다른 사람들의 그것과는 쓰임새가 좀 많이 달랐다.

"흐음."

그 시간 동안 숙소의 넓은 벽에 홀로그램 디스플레이를 띄워놓고, 자칼의 모든 경기 영상을 보며 분석했으니까.

'확실히 무색이라는 말이 어울려.'

그의 싸움에는 특징이라는 것이 없었다.

심지어 패턴조차 없었다.

'내가 결투장에 온 이유가 저것 때문이었지.'

패턴도 없고, 특징조차 없다.

완벽한 무(無).

카이는 자칼의 영상 수십 개를 돌려보면서 그 어떠한 약점도 찾아낼 수 없었다. 보다 보면 존재감마저 흐릿하다고 생각될 정도의 전투법. 그것이 자칼이라는 선수였다.

똑똑.

누군가가 숙소 문을 두드리는 소리에 카이는 디스플레이를 껐다. 문을 열자 익숙한 관리인 하나가 웃는 낯으로 고개를 숙였다.

바로 카이에게 이 숙소를 제공해 줬던 관리인, 라딘이었다.

"베니쉬 님, 대기실로 가실 시간입니다."

"가시죠."

그를 따라 대기실에 들어서자 관중들의 함성 소리가 크게 들렸다. 자리에 앉자 경기장 쪽을 바라보던 라딘이 입을 열었다.

"베니쉬 님. 저희가 케인 선수와 자칼 선수의 경기 전에 관중석을 증축한 거 아십니까?"

"알지요."

"사실 그때만 해도 증축된 관중석이 꽉 차는 장면은 당분간 볼 수 없을 거라 생각했습니다만…… 그 생각이 틀렸다는 걸 깨닫는 데 일주일밖에 안 걸리는군요."

"오늘 많이 왔습니까?"

"이 소리 안 들리십니까? 난리 났습니다."

입 꼬리를 말아 올리는 라딘은 기분이 몹시 좋아 보였다.

그는 꾸벅 허리를 숙이며 감사를 표했다.

"모두 베니쉬 님 덕분입니다. 저희 결투장이 제2의 부흥기를 맞게 해주셔서 감사합니다."

"굳이 제가 아니었어도 결투장은 꾸준히 잘됐을 겁니다."

"아뇨. 그건 아닙니다."

라딘이 단호하게 말했다.

"저희 스스로가 가장 잘 압니다. 결투장의 매출은 날이 갈수록 떨어졌고, 파이트머니를 적게 지급할 수밖에 없으니 많은 선수들이 결투장에게서 등을 돌렸지요. 그 모든 원인은 새로운 선수가 유입되지 않아서 생겼었습니다."

신규 유저가 유입되지 않아 고인물들만이 남는 현상.

그건 수많은 게임이 망하는 결정적인 이유이기도 했다.

"저희도 고민하고 있던 문제를 정면에서 타파해 주신 것이 바로 베니쉬 님입니다."

고인물이 아니어도 위로 올라갈 수 있다는 것에 대한 증명. 수많은 유저들이 불가능하다고 고개를 혼들던 것을 증명한 것이 바로 카이였으니까.

"여담이지만 전 결투장의 새로운 슬로건이 무척이나 마음에 듭니다."

라딘의 눈빛이 대기실 벽에 걸려 있는 포스터로 향했다.

그곳에는 무패의 여제, 캐서린의 뒷모습과 함께 강렬한 폰트로 문구가 적혀 있었다.

[도전하라. 승리하라, 그대의 시대가 열릴 것이다.]

불과 몇 주 전에 걸렸다면 비웃음을 샀을 테지만, 이젠 아니었다.

"베니쉬 님이 모든 기록을 깨며 2,000점까지 올라오신 뒤로, 신규 선수들이 대거 늘어났습니다. 그중에서 1,000점대 영역까지 올라간 이들도 벌써 수십 명이나 되구요. 당연히 관중들도 늘어났습니다."

"여태까지 고생하신 보상을 받는 겁니다."

카이의 말에 맑은 미소를 지어 보인 라딘은 시계를 확인했다.

"이런, 10분밖에 안 남았군요. 저는 이제 나가보겠습니다."

"알겠습니다."

"부디 건승하시길. 전 베니쉬 님 팬입니다. 꼭 이겨주세요."

카이는 두 주먹을 불끈 쥐면서 응원하는 그에게 고개를 끄덕여 줬다.

"물론입니다."

패배할 것을 목표로 싸우는 투사는 없다. 적어도 그러한 마음가짐으로 2,000점대의 벽을 뚫는 것은 불가능하다.

"후우……."

라딘이 나가고 문이 닫히자 대기실에 정적이 찾아왔다.

스르릉.

카이는 자신의 검을 뽑아 무릎 위에 올려놓았다.

언제부터였을까.

눈을 감고 검을 무릎 위에 올려놓을 때면 마음이 차분히 가라앉는 기분이 들었다. 카이는 그 상태에서 지난날들을 돌이켜 봤다.

'짧다면 짧은 시간.'

결투장에서 보내왔던 수련의 시간들. 따지고 보면 카이가 미드 온라인에서 수련을 한 적은 손에 꼽을 정도였다.

처음은 여명의 검술관에서, 두 번째는 바닷속에서 흰수염 사범에게. 세 번째는 라시온 왕궁에서 바체와 수련을 했을 때였다.

'이번이 네 번째.'

여태까지 했던 수련 중 기간이 가장 길었고, 가장 많은 것을 배웠으며, 가장 많은 것을 내려놓았다.

'자칼, 다음은 캐서린.'

고지가 멀지 않았다.

'우선은 한 걸음부터.'

카이는 한 걸음을 내딛기 위해 눈을 떴다.

번뜩.

정순한 눈을 빛낸 그는 검을 갈무리하고 경기장 위로 올라섰다.

"와아아아아아!"

"베니쉬! 베니쉬!"

"자칼! 자칼!"

"우직하게 재미없는 기술만 사용하는 녀석과 요란한 흉내쟁이의 대결이라……"

"그야말로 무색과 다색의 승부로군. 아주 흥미롭다."

관중들의 열렬한 환대를 받은 카이는 먼저 도착해 기다리고 있는 자칼을 쳐다보았다.

"오셨군요."

"시간이 되었으니까."

"일주일 동안 잠을 설쳤습니다. 기대되어서."

연신 검 손잡이를 만지작거리던 자칼이 말을 이었다.

"일주일 전, 제가 왜 그리 급하게 자리를 떠났는지 아십니까?"

"글쎄, 화장실?"

"큭, 그럴 리가요."

스르릉.

자칼의 검집에서 검이 살짝 빠져나왔다.

"조금 더 대화했다가는 그 자리에서 검을 뽑아버릴 것 같아서 그랬습니다."

"그건 좀 별론데."

"예, 제가 생각해도 그렇습니다. 재미도 없었을 거예요. 무드도 없고."

후우우.

심호흡한 자칼은 다시 검을 검집에 밀어 넣으며 말했다.

"제 입장에선 챔피언 매치를 치르는 기분이네요."

"어떻게 알았습니까."

"결투장에선 마스크와 가면을 무료로 대여해 주니까."

"아……."

자신이 실수한 점이 무엇인지를 깨달은 카이가 작게 탄식했다.

동시에 사회자의 소개가 끝났다.

두 사람은 거리를 벌렸다.

"한 수 부탁드립니다."

자칼이 정중하게 인사했고, 카이도 마주 고개를 끄덕였다.

카이는 생각했다.

'제법 긴 시간이었어.'

결투장에서의 수련은 재미있었고, 얻은 것 또한 많았으며, 재미있었다.

'배울 수 있는 시간이 조금 더 있었다면 좋았겠지만……'

자칼과 같은 실력자를 상대로 그건 불가능한 일이었다.

배움의 시간은 끝났다.

이제부터는 자신이 무엇을 배웠는지를 증명할 시간이었다.

파악!

카이는 경기 시작과 동시에 날카롭게 파고드는 자칼을 쳐다보며 입술을 열었다.

"신성 폭발."

그의 몸에서 관중석의 뜨거운 분위기를 덮어버릴 정도의 열기가 흘러나오기 시작했다.

To Be Continued